SALÃO DE ESCRITA E BELEZA

JUAN PABLO VILLALOBOS

Salão de escrita e beleza

Tradução
Sérgio Molina

COMPANHIA DAS LETRAS

Copyright © 2022 by Juan Pablo Villalobos
Copyright © 2022 by Editorial Anagrama S.A., Barcelona

Publicado em acordo com Michael Gaeb Literary Agency e em conjunto com Villas-Boas & Moss Agência Literária.

Grafia atualizada segundo o Acordo Ortográfico da Língua Portuguesa de 1990, que entrou em vigor no Brasil em 2009.

Título original
Peluquería y letras

Capa e ilustração
Elisa von Randow

Preparação
Silvia Massimini Felix

Revisão
Renata Lopes Del Nero
Ingrid Romão

Dados Internacionais de Catalogação na Publicação (CIP)
(Câmara Brasileira do Livro, SP, Brasil)

Villalobos, Juan Pablo
  Salão de escrita e beleza / Juan Pablo Villalobos ; tradução Sérgio Molina. — 1ª ed. — São Paulo : Companhia das Letras, 2025.

  Título original : Peluquería y letras.
  ISBN 978-85-359-4164-7

  1. Ficção mexicana I. Título.

25-264100   CDD-M863

Índice para catálogo sistemático:
1. Ficção : Literatura mexicana   M863

Cibele Maria Dias – Bibliotecária – CRB-8/9427

Todos os direitos desta edição reservados à
EDITORA SCHWARCZ S.A.
Rua Bandeira Paulista, 702, cj. 32
04532-002 — São Paulo — SP
Telefone: (11) 3707-3500
www.companhiadasletras.com.br
www.blogdacompanhia.com.br
facebook.com/companhiadasletras
instagram.com/companhiadasletras
x.com/cialetras

Para que alguma coisa aconteça, a infelicidade precisa estar viva.
Vivian Gornick

*Nada neste livro é verdade,
exceto aquilo que é.*

Éramos felizes e comíamos tacos, *paellas* e feijoada. Éramos tão felizes que eu podia até escrever isso sem pudor no começo de um livro, como se fosse no fim. A brasileira e eu tínhamos nos conhecido quinze anos antes na universidade, num seminário sobre literatura do Holocausto — sem nenhuma ironia nem duplo sentido, porque não é um acontecimento inventado, simplesmente aconteceu assim. Resolvemos morar juntos, embora as circunstâncias não fossem nem um pouco propícias: nós dois tínhamos nos separado fazia pouco tempo, a brasileira era brasileira e eu mexicano, e nós dois tínhamos ido a Barcelona pensando em fazer um doutorado e voltar para o nosso país. Como se não bastasse, a bolsa que cada um recebia para se sustentar mal cobria nossas necessidades básicas e tinha prazo para terminar.

O que faríamos depois, quando não houvesse mais doutorados nem bolsas?

Como não tínhamos a mínima ideia, resolvemos ter um filho.

Surgiram inúmeras complicações — a brasileira gostava de chamar nossa união de *casamento de inconveniência* —, obstáculos que tivemos de contornar — a grande maioria trâmites burocráticos —, provas a superar — viver três anos no Brasil e acabar voltando para Barcelona talvez tenha sido a mais complicada —, mas o fato era que não apenas continuávamos juntos, mas tínhamos nos multiplicado e já éramos quatro: a brasileira, o adolescente, a menina e eu. Vou chamá-los assim porque nenhum dos três me autorizou a mencionar seu nome nestas páginas.

— E por que você vai escrever sobre a gente? — o adolescente me perguntou, depois de me pedir que eu tampouco usasse o apelido que ele ganhara dos amigos, prevenindo-se do constrangimento de se ver retratado.

Eram sete e meia, e o adolescente tomava seu café da manhã — sem café, apenas cereais — antes de sair para a escola. Eu estava tomando meu primeiro café do dia e preparando o que levaria à brasileira na cama para acordá-la, quando percebi que devia começar o livro aqui mesmo: no início de um dia qualquer.

— Acabaram as ideias? — insistiu o adolescente.

— Eu sempre escrevi sobre a gente — respondi —, em todos os meus livros.

— Tá, mas não explicitamente — replicou.

Apesar da idade, o adolescente tinha um vocabulário bastante rico; era herança das leituras da infância — agora ele já não lia quase nada —, e estava ficando cada vez mais barroco por causa da obsessão com as rimas multissilábicas das batalhas de rap.

— Olha — expliquei —, dessa vez é o contrário: vou escrever sobre a gente porque no fundo não vou falar da gente, e sim de algo mais, de algo que está além. Na literatura é sempre assim, você escreve sobre uma coisa, quando na verdade está falando de outra.

— Do quê? — perguntou.

— Sei lá — respondi —, de uma ideia, de uma forma, da forma de uma ideia, da ideia de uma forma, algo assim.

Olhei para a colher vazia na mão do adolescente, suspensa a meio caminho entre sua boca e a tigela de cereais, como que demonstrando seu receio, sua incompreensão ou sua perplexidade. A luz estridente da lâmpada halógena da cozinha se refletia na superfície metálica da colher. Fazia algum tempo que tinha amanhecido — faltava uma semana para o início do verão —, mas nosso apartamento ficava no primeiro andar e só recebia luz natural indireta.

— Mas então, do que o livro vai tratar? — insistiu o adolescente.

— Da felicidade, das condições da felicidade, acho — respondi.

— Como assim "acha"? Você não sabe?

— Não exatamente.

— A gente é feliz?

— O que você acha?

— Sei lá. É você quem vai escrever o livro.

— Mas posso te citar.

— Nem pensar — sentenciou.

Tomou fôlego para dizer mais alguma coisa, mas se arrependeu e preferiu baixar os olhos para a cumbuca de cereais. Tinha pressa de terminar, porque já sentia o celular queimando no bolso, exigindo sua atenção.

Às oito e quarenta, saí de casa, acompanhei a menina a pé até a escola e, antes de me fechar no estúdio para escrever, passei pela clínica de gastrenterologia para pedir um atestado para a brasileira.

Se aquilo que eu tinha dito ao adolescente fosse verdade, que a literatura sempre conta outra coisa para além das aparências, que por trás ou por baixo de toda história há uma segunda história, outra narrativa oculta que não é contada, a parte submersa do iceberg — como uma porção de críticos e escritores já afirmaram —, neste caso a segunda história tinha começado uma semana antes, quando passei por uma colonoscopia na tal clínica. Eu não pensava em escrever sobre aquele exame — uma avaliação de rotina —, mas pelo jeito a literatura estava em toda parte, até no meu reto.

Felizmente, durante o exame os médicos não encontraram pólipos, mas, ao sair da clínica, como eu ainda estava sob efeito da anestesia, flutuando numa deliciosa nuvem de propofol, e a brasileira seguia concentrada em tentar me controlar para não parecer ridículo, esquecemos de pedir o atestado para que ela pudesse justificar a falta no trabalho, o que me obrigou a voltar à clínica nessa manhã.

Do nosso apartamento até a escola das crianças eram setecentos e cinquenta metros; da escola das crianças até meu estúdio, seiscentos; eu passava o dia caminhando dentro de um raio de dois ou três quilômetros — também a clínica de gastrenterologia ficava bem perto —, zanzando placidamente entre os bares de sempre e os restaurantes da moda, entre estúdios de tatuagem e lojas de spray para grafitar, salões de cabeleireiros e livrarias, petshops e espaços de ioga, estúdios de arquitetos ecologistas e açougues veganos, enfim, a infraestrutura de parque temático do nosso bairro. Tudo ali era tão ameno que eu bem podia estar confundindo a felicidade com a acomodação ou o aburguesamento.

A recepcionista da clínica estava sentada atrás de um painel de vidro que a separava dos pacientes, usava um fone de tiara para atender às ligações e bebericava de uma xícara que continha um café muito ralo ou um chá muito forte.

— Ela tem que solicitar o atestado pessoalmente — foi sua resposta, depois de ouvir minhas explicações.

— Ela está no trabalho — respondi —, não pode vir.

Comentei que minha intenção era retribuir a gentileza da brasileira, que, afinal de contas, naquele dia me fizera um favor ao me acompanhar até a clínica, e que eu não queria ainda por cima complicar sua vida, pois, se ela precisasse voltar lá, teria que apresentar outro atestado para a nova ausência.

— Um atestado para o atestado — concluí, orgulhoso, a meu ver, de mostrar o absurdo da situação.

— Mas como vamos saber se ela realmente esteve aqui nesse dia? — replicou.

Sua voz tinha um tonzinho acusador. Enfatizava com ironia todos os advérbios, para deixar claro que achava tudo aquilo muito estranho, muito suspeito.

Não pude evitar certo mal-estar, como se a recepcionista tivesse razão e eu estivesse escondendo alguma coisa — além da segunda história —; era uma atitude que eu não conseguia evitar, sempre me culpar por tudo. Espiei para trás com o canto do olho, temendo que houvesse alguma testemunha, um vizinho, amigo ou conhecido, alguém que pudesse me reconhecer. Mas os pacientes que aguardavam na sala de espera, além de desconhecidos, tinham aquela aparência cadavérica de quem é obrigado a fazer jejum, a palidez de quem teme as más notícias, e estavam todos absortos no celular.

A recepcionista devia estar imaginando que a brasileira e eu pretendíamos nos aproveitar dos meus achaques gastrintestinais para cometer algum tipo de fraude burocrática, uma fraude pequena, insignificante, como receber por um dia não trabalhado ou não excluir aquelas horas do cálculo de férias. Mas, mesmo nesse caso, qual o problema de ela dar o atestado? Por que estava levando o caso tão a ferro e fogo?

Mostrei-lhe no meu celular o e-mail que eu tinha recebido da clínica para confirmar a data e a hora do procedimento.

— Posso dar um atestado para o senhor — disse a recepcionista —, sem problemas.

— Eu não preciso — respondi.

Ela me olhou mais desconfiada ainda, suspeitando que eu estivesse desempregado ou, pior ainda, que fosse um parasita sustentado pela mulher.

Por pouco não lhe contei o que eu fazia da vida,

mas pensei que isso só pioraria as coisas. Então me lembrei de um colega que nunca dizia ser escritor, porque, segundo ele, era uma afirmação arrogante, e preferia responder que era pecuarista. O adolescente e a menina ficavam com vergonha quando eu dizia que era escritor, porque quase sempre, implícita ou explicitamente, seguia-se a pergunta se o pai era um escritor *de verdade*, ou seja, famoso. Mas eu não podia dizer que era qualquer coisa a não ser escritor — a menos que mentisse —, e na verdade aquele meu colega também era pecuarista, e mais que pecuarista, latifundiário, herdeiro de uma enorme fazenda nos vales colombianos. Típico. A história oculta da literatura latino-americana é a história da aristocracia e da burguesia.

— Senhor?

A recepcionista estava tentando me devolver o celular enquanto eu recordava um episódio ocorrido em Brasília sete ou oito anos atrás, no saguão de um hotel.

— O senhor veio para a Bienal do Livro? — perguntou outra recepcionista, a daquele evento.

— Sim.

— Ocupação?

— Pecuarista.

As opções que apareciam na tela da recepcionista eram escritor, editor, jornalista e livreiro, mas o sujeito exigiu ser registrado com sua verdadeira profissão, e tiveram que acionar o pessoal do TI.

— Eu faço meu horário — expliquei, ao pegar o celular de volta —, trabalho por conta própria.

Era temerário afirmar que escrever era um trabalho, tese esta que exigiria uma longa digressão, e a recepção de uma clínica de gastrenterologia não era o lugar mais propício para tanto. Além do mais, a recepcionista não me pediu mais explicações.

— E então? — insisti.

— Para sua amiga, não posso dar o atestado — respondeu a recepcionista.

— É minha mulher — esclareci.

— Dá na mesma — disse a recepcionista, mas não dava na mesma. Como poderia dar na mesma que a brasileira fosse minha amiga ou minha mulher?!

— Toma cuidado — intrometeu-se uma segunda recepcionista, sentada ao lado da primeira e que até esse momento estava com os olhos grudados na tela do computador —, que esse aí pode te causar problemas.

— Tem razão — respondeu a primeira recepcionista. — É capaz que ela nem tenha vindo com ele.
— E periga quererem usar o atestado como álibi num processo — a segunda disse à primeira.
— Como? — protestei.

As duas começaram a explicar suas suspeitas, roubando a palavra uma à outra para acrescentar conhecimentos adquiridos em filmes de tribunal e séries policiais.

Pasmo, observei as duas com curiosidade.

A primeira era magra, pálida, olhos azuis, de aparelho nos dentes e rosto redondo, infantil, salpicado de sardas. A segunda era robusta, morena, olhos escuros, rosto masculino, meio árabe, com uma cicatriz atravessada no lábio superior. O contraste funcionava bem. Se fossem personagens de ficção.

— Essas coisas acontecem — concluiu a segunda recepcionista, para dar ao diálogo um toque de sabedoria popular.

— Que brincadeira é essa? — perguntei.

— Não tem brincadeira nenhuma — respondeu a primeira, indignada. — Eu sou a responsável por emitir esse documento.

— Podem querer que você testemunhe num processo — disse a segunda.

De que raio de processo elas estavam falando?

Evidentemente, a intervenção da segunda recepcionista provocara uma mudança de gênero, da literatura picaresca à criminal, e eu tinha evoluído de gigolô submisso a acobertador perigoso.

— E então? — perguntei, meio suspirando, desanimado, para deixar claro que a coisa estava se complicando além do necessário e que já podíamos ir nos encaminhando para o desenlace do episódio.

— Só se ela trouxer uma prova de que esteve aqui nesse dia — disse a primeira recepcionista.

— Como assim, uma prova?

— Algo que demonstre que ela de fato acompanhou o senhor.

Justo nesse instante, pressentindo o que estava acontecendo, a brasileira me ligou. Eu tinha me esquecido de silenciar o celular. Hesitei se devia aceitar a ligação ou telefonar de volta mais tarde. Acabei optando por largar a caneta, erguer os olhos do caderno e atender.

— Você está ocupado? — escutei a brasileira dizer, como cumprimento.

— Um pouco — respondi.

— Pegou o atestado? — perguntou.

— Peguei, sim — disse. — Está aqui comigo.

Depois que agradeceu, ouvi seu silêncio. Era o sinal de que queria conversar.

— Você está no estúdio? — perguntou.

Respondi que sim.

Ela passou então a contar que estava exausta, que acabava de sair de uma reunião chatíssima com os tradutores japoneses, que tinha preparado um café e agora estava na sacada para arejar um pouco a cabeça. A brasileira é linguista, trabalhava numa agência transnacional de tradução que mais parecia uma filial da ONU.

— Estava escrevendo? — perguntou.

— Ahã — respondi.

— E como vai indo?

Comecei a me queixar, como sempre faço quando estou inseguro, enumerando minhas dificuldades para ajustar o tom, o ponto de vista, a sintaxe, a estrutura, o ritmo, as motivações dos personagens, a lógica narrativa.

— Mais alguma coisa? — perguntou a primeira recepcionista.

— Acho que não — respondi.

— Você percebeu que ele só nos usou para forjar

um conflito? — a segunda recepcionista perguntou à primeira.

— Um conflito inexistente — respondeu a primeira.

— Coisa de literatura burocrática, tipo o *Homem* contra o *Sistema* — disse a segunda, pronunciando as maiúsculas e carregando nos itálicos.

— Só para bancar a vítima — completou a primeira.

— Não tem nenhum conflito real — replicou a segunda.

— E como poderia ter? — disse a primeira. — Olha só para ele, sentadinho no estúdio, com seus caderninhos e suas canetinhas.

— Escrevendo no horário de trabalho! — respondeu a segunda.

— Os conflitos, além de produzir literatura, causam gastrite — respondi às duas.

— Como? — perguntou a brasileira. — Você está com gastrite?

— Não não — respondi rápido, para que ela não se preocupasse, tão rápido que o segundo "não" quase se encavalou no primeiro —, estava pensando em voz alta.

— Que foi? Aconteceu alguma coisa? — perguntou.

— Desculpa, preciso desligar.

Na verdade, estávamos atravessando uma fase da mais perfeita estabilidade familiar. As coisas entre mim e a brasileira iam bem, obrigado, o adolescente e a menina esbanjavam saúde, eram inteligentes e carinhosos, não passávamos por dificuldades financeiras, nossa rotina era uma sucessão de momentos prazerosos. Estávamos onde queríamos estar. Não queríamos estar em outro lugar. Na verdade, parecia que estávamos representando o roteiro de uma feliz família pequeno-burguesa, tanto que um dos nossos melhores amigos vivia repetindo que lhe dávamos *bastante nojinho*.

Claro que a situação podia ser vista de outro ângulo, e a suspeita de que tínhamos virado um casal conservador começou a nos assombrar. Uma noite, muito tarde, na cama, ao fazer o elogio da estabilidade e da maturidade, virei a palma da mão direita para baixo e, na horizontal, tracei uma linha imaginária em direção ao infinito: o prolongamento da felicidade.

— Como um encefalograma plano — disse a brasileira.

Começamos a passar em revista nossa história como se, de certo modo, ela já tivesse chegado ao fim. Ou, no mínimo, ao fim da parte importante, depois de superar os obstáculos.

— E agora estamos na parte chata — disse a brasileira.

— Acho que, mais do que isso, é a parte sem tensão narrativa — respondi —, porque já não há conflito; mas não quero mais sobressaltos, estou cansado. É errado que eu só queira continuar assim?

Para ser mais exato, o que eu não queria era me meter em mais aventuras, pois, vindo de onde eu vinha, o risco de cair e retroceder era muito grande. Se a classe média mexicana era paranoica, isso ocorria porque a paranoia tinha seu fundo de razão. Esse medo havia sido programado em mim e nos meus irmãos durante a infância, naqueles anos 80 de desvalorização e hiperinflação, de viver em permanente crise econômica.

Você batalhava por anos a fio para escapar da instabilidade e da precariedade e, quando dava a sorte de conseguir a façanha, era premiado com uma cama quente, uma taça de vinho, amigos sorridentes — ou que fingiam estar atormentados —, fins de semana na praia, passeios na montanha, exposições, concertos, lançamentos de livros, festas.

Era tudo tão agradável que você nem percebia que tinha caído numa armadilha.

Pois como alguém pode escrever mergulhado nesse torpor embriagante?

Na verdade, meu único conflito genuíno, autêntico, era a insistência em escrever, quando parecia não haver razão alguma para fazer isso.

— Mas você está escrevendo, não é? — minha editora tinha me perguntado dois dias antes, quando lhe expliquei tudo isso, mas de um jeito ainda mais confuso.

Estávamos numa livraria, para o lançamento de uns cursos de escrita criativa patrocinados pela editora, acompanhados por um representante da escola, seu amigo italiano, o dono da livraria, uma escritora que daria outro curso e o namorado dela.

Teoricamente, os cursos só começariam dali a alguns meses, em setembro, mas a ideia era antecipar a divulgação, calculando que as pessoas fossem se inscrevendo ao longo do verão. Só que já tinham se passado dez minutos da hora marcada para o início do evento, e ainda não havíamos começado, por motivo de força maior — falta de público. Era uma tarde quente do fim da primavera, na semana seguinte seriam as quermesses de são João, quem iria se enfurnar numa livraria? Portanto, enquanto tomávamos uma taça de vinho branco e beliscávamos amendoim, minha editora aproveitou para me chamar à parte e me perguntar como andava a escrita — poucos dias antes, eu tinha enviado para ela algumas páginas de amostra do início de um suposto romance.

— Não é que eu tenha desistido de escrever — me apressei a responder —, acho que me expressei mal. Aliás, você deu uma olhada no texto que te mandei?

Justo nessa hora entrou uma senhora e se sentou na primeira fileira, o que piorou a situação, porque já não poderíamos ir para casa depois de cumprir um honroso pacto de silêncio.

— Sim, sim — respondeu, e tive a impressão de que o segundo "sim" desmentia o primeiro.

— E aí? — perguntei.

— Você está tendo problemas com os advérbios?

Aproveitando que a senhora que tinha acabado de entrar estava de costas, o dono da livraria saiu de fininho e catou três funcionárias para engrossar a plateia.

— Está enfiando advérbios em tudo que é lugar — acrescentou minha editora. — Não percebeu?

— É preciso nuançar as coisas, nada pode ser dito de modo absoluto — respondi com veemência, mas fiquei ressabiado, como se minha editora tivesse mencionado os advérbios só para não dizer que não tinha gostado do trecho que lhe mandei.

Cinco minutos depois, o dono da livraria pediu para o público se sentar. Na verdade, para as pessoas que não eram o público: minha editora, o namorado da escritora e o amigo italiano do representante da escola, porque de público, mesmo, só havia aquela senhora.

Na mesa, éramos três: o representante da escola, a escritora e eu.

Toda a situação foi ficando extremamente desconfortável para mim: a falta de público, as evasivas da minha editora, a fome, a certeza de que estaria melhor em casa, jantando com a família — eu tinha me empanturrado de amendoim e começava a sentir dor de barriga —, e, para completar, de repente me lembrei da piada sobre meu penteado que ouvi do dono da livraria logo ao chegar, e comecei a sentir vergonha de estar lá, no palquinho, com aquele cabelo.

Devia ter passado no cabeleireiro. Isso vivia me acontecendo: eu percebia que já estava na hora de cortar o cabelo, mas a preguiça e as obrigações cotidianas iam adiando o corte, até aquilo virar uma questão de vida ou morte. O que me envergonhava não era tanto o volume desproporcional que meu cabelo adquiria ao estufar com a umidade do verão iminente, mas o comprimento e a deformidade das costeletas, que, quando me via no espelho, lembravam jogadores de futebol dos anos 80, astros de rock dos anos 80, políticos populistas dos anos 80, personagens de seriados dos anos 80 e, o que é pior, meu próprio eu, pré-adolescente e adolescente, dos anos 80.

O representante da escola cumprimentou os presentes e fez uma breve apresentação dos cursos: o de criação de personagens, que seria ministrado pela escritora, e o de vozes narrativas, que seria dado por mim. Em seguida foi a vez da escritora, que falou por cerca de dez minutos.

Quando chegou minha vez e eu já ia explicando, com um entusiasmo aberrante — diretamente proporcional ao meu desconforto —, um diagrama com o qual pretendia exemplificar diversos tipos de narradores e tons narrativos, o amigo italiano do representante da escola levantou a mão e, sem esperar que eu lhe cedesse a palavra, me interrompeu.

— *Ceeeeeerto* — exclamou —, tudo isso está muito bom, mas no fim a pessoa escreve por necessidade, porque tem algo a dizer. O importante é ter a necessidade de dizer alguma coisa. Sem essa necessidade, ninguém pode escrever. Quando alguém precisa escrever, escreve e pronto, sem precisar de tanta complicação.

Arrastei minha cadeira um pouco para trás e virei a cabeça para a tela onde estavam sendo projetadas as imagens que eu preparara para a apresentação. Eram anotações, quadros sinópticos e diagramas tirados dos meus cadernos, rabiscados em tinta vermelha e azul, convenientemente escaneados. Aquele esquema de narradores era fruto da crise de escrita do meu terceiro romance, seis ou sete anos atrás. Estava cheio de rasuras, e às vezes nem eu mesmo conseguia entender minha própria letra, mas achava que aquilo conferia autenticidade ao argumento.

Fiquei procurando o tom narrativo, entre os que se viam na projeção, que eu deveria adotar na resposta e hesitei entre o cínico, o perplexo, o ofendido e o insultuoso. Enquanto isso, balançava a cabeça levemente para cima e para baixo, com os olhos entrecerrados e fixos na tela, para dar a entender aos presentes que estava refletindo sobre o que iria responder. Na verdade, estava me perguntando, melancólico, o que estariam jantando a brasileira e as crianças.

Puxei a cadeira para a frente, de volta ao seu lugar, alisei as costeletas, encarei o italiano, para confirmar se ele estava mesmo esperando minha réplica, e o funcionário da escola que tinha trazido semelhante figura, para ver se ele não trataria de matar o dito-cujo. Até que minha editora deu uma pigarreada, imagino que para me apressar, pois a cada segundo a situação ficava mais estranha.

Então me vi obrigado a soltar um palavrório sobre a vocação de escrever, sobre a mitificação da figura do escritor torturado, sobre a profissionalização da escrita, sobre as musas e as escolas de escrita criativa nos Estados Unidos que me tomou mais tempo que o previsto para toda a minha apresentação.

Felizmente, quando acabei de falar, antes que o italiano voltasse a meter a colher, aconteceu um fato extraordinário que desviou a atenção de todos: mais duas pessoas se sentaram ao fundo.

Era um casal. Um sujeito fortão, rondando os quarenta anos, latino-americano, e uma mulher atarracada e rechonchuda, também latino-americana. Logo notei que estava grávida. Os dois com penteados bonitos. Aproveitei a distração que sua chegada provocou para retomar e concluir minha exposição.

Assim que desci do palquinho, ainda entre os aplausos protocolares da plateia, o fortão se aproximou para me dizer que queria escrever um livro e que precisava saber quanto custava o curso.

Fui até a mesa dos vinhos, peguei um folheto e o entreguei a ele.

Disse que era equatoriano e que trabalhava como segurança num supermercado, enquanto olhava o folheto e via que ali não constavam os preços.

Voltou a me perguntar quanto custava o curso.

Ao seu lado, a mulher o olhava com tranquilidade e cansaço, como se estivesse acostumada a esse tipo de situação. Respondi que não sabia nada dos preços. Óbvio que eu sabia. Tive perfeita consciência de que, se eu não queria dizer o preço, era por preconceito de classe, por vergonha, por achar que o equatoriano devia gastar aquele dinheiro em algo mais útil e urgente que um curso de vozes narrativas — mobiliar o quarto do bebê, por exemplo.

Mas o equatoriano insistia com veemência.

Olhei em volta escolhendo a quem empurrar a batata quente. De repente me assaltou um medo visceral de que, ao saber do preço, o sujeito me triturasse com seus braços musculosos para castigar nosso elitismo. O elitismo da escola, para ser mais exato.

A mulher estendeu a mão direita e acariciou as costas do equatoriano.

— Vamos embora, amor — disse. — Estou cansada, me leva para casa.

Tinha sotaque argentino ou *uruguasho*.

— Espera, benzinho — ele respondeu. — Isso pode me ajudar a escrever meu livro.

— Seu livro é sobre o quê? — perguntou minha editora, que acabava de se juntar a nós.

— Sobre minhas experiências — respondeu o equatoriano.

Experiências?

Será que o fortão tinha arroubos místicos?

Fiquei mais nervoso ainda.

— Quando vai nascer? — perguntei à mulher, desviando por um momento o olhar para sua barriga, tentando também desviar o rumo da conversa.

— Em outubro — disse a *uruguasha*.

— Já sabem o sexo? — perguntou minha editora.
— É menina — respondeu a *uruguasha*.

Justo nesse momento, o representante da escola apareceu ao meu lado, sorridente, em atitude de relações públicas, pronto, na opinião dele, para fechar o negócio.

— Como vocês ficaram sabendo dos cursos? — perguntou.

— Na verdade, estávamos passeando e entramos para conhecer a livraria — respondeu a *uruguasha*.

— Não, benzinho — disse ele. — Eu queria mesmo vir porque preciso de ajuda para escrever meu livro, e esse curso pode ser útil. Só não te contei porque você não ia querer me acompanhar.

Diante da ameaça de uma briga conjugal, minha editora sabiamente me apertou o braço, pediu licença e foi se juntar à rodinha onde a escritora, seu namorado e o dono da livraria estavam conversando.

— Eu já vi muita coisa — insistia o sujeito. — Vivi coisas muito duras, muito difíceis, e sempre dei a volta por cima. Caí e levantei muitas vezes. Seria bom as pessoas lerem minhas experiências.

— Meu curso não vai servir para você — interrompi.

E emendei uma crítica desmesurada de algo que chamei de *literatura da experiência,* afirmei que o que eu fazia era *literatura da imaginação,* repudiei a onda da literatura íntima dos últimos anos e recomendei que ele procurasse uma oficina de autobiografia — ao dizer isso, tive a impressão de me referir a um local dedicado a consertar vidas.

Por fim, fechei o bico.

O equatoriano assentiu sem entusiasmo, olhou para o representante da escola e perguntou:

— Quanto custa o curso?

O celular começou a vibrar no bolso da minha calça e me salvou do aperto.

— Desculpe — interrompi, mostrando a telinha para o equatoriano, a *uruguasha* e o representante da escola. — É uma emergência.

Tomei o rumo da saída brandindo o aparelhinho como álibi e gesticulei exageradamente para minha editora, a escritora e seu namorado, tentando dar a entender que precisava ir embora porque se tratava de algo urgente.

— Você não vem com a gente? — gritou minha editora.

— Preciso ir — respondi. — Depois te ligo.

Saí para a rua e respirei aliviado. Mas logo descobri que era mesmo algo urgente, uma mensagem de texto com uma notícia dramática que, por uma dessas coincidências da vida, parecia provocada por mim mesmo: o cabeleireiro que cortava meu cabelo desde que eu me mudei para Barcelona ia fechar as portas, e assim, de supetão, eu ficava sabendo que aquele tinha sido seu último dia de atividade.

Já fazia algum tempo que meu cabeleireiro, de caráter pessimista e impaciente, vinha ameaçando desistir da sua faceta de empresário e, por fim, resolvera pendurar as tesouras, ou melhor, transferi-las para um salão de beleza onde seria apenas um funcionário a mais e receberia seu salário a cada mês sem ter que se preocupar com o aluguel, os impostos, os alvarás municipais, o controle das contas e a limpeza.

"Ia mesmo te ligar para marcar hora", escrevi, "é urgente." Esperei a resposta enquanto caminhava até o metrô para voltar para casa. "Aí vai o novo endereço", respondeu.

Na mensagem de despedida, ele incluiu os dados do salão onde passaria a atender. Meu primeiro impulso foi prometer a mim mesmo que o seguiria até o fim do mundo, mas logo descobri que o fim do mundo não só ficava muito longe, como era muito mal servido de transporte público saindo da minha casa ou do meu estúdio.

Quando cheguei a esse ponto, percebi que não tinha mais nada a contar. A digressão sobre os cursos de escrita e sobre a mudança do meu cabeleireiro me levara a um beco sem saída, e agora eu não sabia como continuar, então resolvi fazer uma pausa e ir esticar as pernas. Isto costumava dar certo, sair para zanzar por aí, como fazem muitos escritores de que gosto, romancistas e contistas para quem passear e narrar são sinônimos.

A bem da verdade, devo confessar que minha educação católica, por mais que eu pelejasse para me livrar dela, me mantinha permanentemente em guarda contra a inatividade — sempre me senti culpado por desperdiçar tempo —, por isso resolvi aproveitar o passeio para dar uma olhada nos salões de cabeleireiros do bairro e, quem sabe, marcar hora em algum que me inspirasse confiança.

Perto do estúdio havia dois salões, que eu tinha observado, de soslaio e sem botar muito reparo, centenas de vezes nos últimos anos, então pensei que o mais natural seria experimentar um deles.

O primeiro, mais próximo, era especializado em aplicação de queratina, e o segundo parecia ser, pelo menos de fora, um salão de cabeleireiro normal, nem moderno demais nem antiquado demais. Confirmei essa impressão ao entrar e ver que a cabeleireira era jovem, mas não ostentava tatuagens nem um corte de cabelo extravagante, de revista. Era uma trintona muito branca e alegre, de cachinhos loiros, olhos azuis e rosto corado, bretã, a julgar pelos pôsteres que decoravam o salão. Da Bretanha francesa. Entrei com a intenção de marcar hora, mas, contrariando qualquer expectativa, apesar de ser onze da manhã — horário de pico para a lavagem e penteado das senhoras do bairro —, a cabeleireira estava desocupada e disse que podia me atender imediatamente.

Apesar da aparência e da atitude afáveis da mulher, eu a analisei com desconfiança por dois motivos. O primeiro era óbvio: que espécie de cabeleireira podia estar tão disponível assim, sem necessidade de marcar hora? Uma que não tivesse muitos clientes. Uma cabeleireira ruim. Ou, no mínimo, medíocre. O segundo motivo era ainda mais preocupante: um dos dedos da mão esquerda da cabeleireira estava enfaixado com esparadrapo. Não havia uma porta dos fundos de onde pudesse irromper, como no teatro, a verdadeira cabeleireira, revelando que a do dedo machucado era, na realidade, a recepcionista. Por outro lado, como uma cabeleireira sem clientes conseguiria arcar com o salário de uma recepcionista?

Perguntei, com a máxima sutileza possível, se ela estava trabalhando *apesar do acidente*. Dava como certo que ela devia ter torcido, quebrado ou cortado o dedo, e para mim era evidente que não estava em condições de exercer seu ofício como devia.

— É uma tendinite — respondeu. — É crônica, não tem problema.

Fiquei com pena dela por várias razões. Porque o neoliberalismo tinha deteriorado a tal ponto os sistemas de previdência social que uma trabalhadora já não tinha acesso nem sequer a uma licença médica. Porque pressenti que a bretã, meses ou anos mais tarde, quando a tendinite se agravasse, como o neoliberalismo também acabara com a aposentadoria antecipada, seria obrigada a mudar de profissão e me abandonaria. Porque nos pôsteres dava para ver que a Bretanha francesa era um lugar bonito, mas inóspito, que me lembrou minha cidadezinha em Altos de Jalisco e me levou a me identificar com a cabeleireira, que devia ter ido embora de lá não por necessidade, mas por escolha.

Como, para variar, eu me distraíra imaginando tudo isso, a essa altura a cabeleireira já estava me chamando para a cadeira de lavagem do cabelo, onde tinha estendido uma toalha.

Eu devia ter alegado que não podia ficar, que tinha um compromisso, que só tinha aproveitado que ia passando ali na frente para marcar uma hora, mas agora já não podia dizer isso. Deixar a cabeleireira com a toalha estendida, ignorar seu sorriso infantil, seu chamado, *vem, vem*, como se eu fosse um cachorrinho, seria uma grosseria para a qual não fui treinado.

Portanto, obedeci.

Até certa altura, tudo correu mais ou menos bem, embora — pequeno detalhe — a cabeleireira parecesse ter problemas para segurar as tesouras.

Começou a me contar que, confirmando o que a decoração anunciava, era bretã, tinha crescido numa cidadezinha da costa entre o canal da Mancha e o mar Celta.

— E você, o que faz da vida? — perguntou.

Olhei sua movimentação através do espelho.

Manejava as tesouras com bastante dificuldade;

o resultado seria um desastre, sem dúvida. Considerando que eu nunca voltaria lá, preferi mentir.

— Sou pecuarista — respondi.

— Olhe só! Como meu pai! — replicou emocionada. — Que tipo de animais você cria? Meu pai tem vacas bretãs, conhece? São vacas leiteiras de ótima produção.

— Não não — tratei logo de esclarecer —, estava brincando. É que eu me dedico a uma coisa muito complicada de explicar, negócios, investimentos, e um colega e eu sempre brincamos de responder a primeira coisa que nos vem à mente.

Vi como ela interrompia o desajeitado movimento das mãos, por um brevíssimo instante, para observar meu rosto no espelho; calculei que devia estar associando minha resposta a um detalhe que eu já revelara: que sou mexicano.

— Desculpe — continuei. — É que eu não queria ser chato.

Mudou de assunto bruscamente, e com isso confirmou estar mesmo imaginando que eu tinha mentido para ocultar minha verdadeira condição de narcotraficante. Também tive a impressão de que sua inépcia aumentava e que ela acelerava o ritmo das tesouradas, como se quisesse terminar o mais rápido possível.

Falou do mau tempo da Bretanha, do conservadorismo das pessoas, dos queijos e do vento.

Deixei de prestar atenção porque comecei a me lembrar da infinidade de lendas, canções, poemas, contos e romances que associam o vento ao desespero, à loucura, à desesperança ou à perda da razão.

E aí senti uma batidinha na cabeça.

Foi quase imperceptível, e talvez eu nem tivesse dado importância àquilo se em seguida não tivesse ouvido um grito, um palavrão, um insulto em francês ou talvez em bretão.

— Sinto muito, sinto muito — repetia a cabeleireira, enquanto se encaminhava agitada para a pia onde lavara meu cabelo, abria a torneira e punha a mão esquerda sob o jato de água.

Com um misto de medo e nojo, levei a mão direita ao couro cabeludo, à região onde achava que tinha sentido aquela batidinha, e peguei o que de início pensei ser um pedaço de esparadrapo, mas logo vi que era um naco do dedo da cabeleireira. Era pequeno, mas, em relação ao tamanho das suas mãos, era uma porção razoável. Por pouco não o joguei imediatamente no chão, mas percebi a tempo que a cabeleireira precisaria daquilo para implantarem de volta. Além disso, pré-visualizei na cabeça o pedacinho de carne largado no chão, no meio dos meus cabelos cortados, e a imagem sinistra me arrepiou os fios não cortados.

A cabeleireira envolveu a mão esquerda com uma toalha e voltou a pedir desculpas.

— Vou ter que correr no médico — disse. — Sinto muito, mesmo.

Só então me olhei no espelho: a cabeleireira tinha cortado meu cabelo só do lado direito.

Ela disparou para a saída sem me dar chance de dizer nada. No caminho, apanhou as chaves e a bolsa, apagou as luzes e a música de fundo.

— Tem outro salão virando a esquina — sugeriu, já com a porta da rua aberta, me apressando. — Diga que eu indiquei, explique o que aconteceu.

Tirei a capa que me protegia da chuva dos meus próprios cabelos, me levantei e saí para a calçada.

— Desculpe, desculpe — voltou a dizer a cabeleireira antes de se precipitar para a esquina, para a avenida onde seria mais fácil pegar um táxi.

Teve sorte. Eu a vi entrar num carro imediatamente e sair em disparada para o hospital, como nos filmes.

Tudo aconteceu muito rápido, em dois ou três minutos, e eu estava tão atordoado que só ao chegar ao outro salão percebi que estava segurando o pedacinho de carne da cabeleireira, pinçado entre o polegar e o indicador da minha mão direita. Já ia enfiando aquilo instintivamente no bolso da calça, quando me dei conta de que não seria muito higiênico. Observei os comércios da redondeza, em busca de uma solução, e rumei para o letreiro luminoso com a cruz verde, anunciando uma farmácia aberta. O percurso foi tão curto que nem cheguei a preparar o diálogo que teria com a farmacêutica.

Expliquei que precisava de um frasquinho e de álcool ou algum outro produto para conservar matéria orgânica — formol ou algo parecido.

Mesmo sabendo que era impossível para a farmacêutica, do seu ângulo de observação, distinguir o que eu segurava entre os dedos, escondi a mão atrás do traseiro. Em todo caso, ela estava concentrada em outra coisa: cotejar as caixas de um pedido que acabara de receber com os dados das notas fiscais.

— É para urina ou fezes? — perguntou sem erguer os olhos do balcão.

— Como? — respondi, lamentando o rumo que a cena tinha tomado e me lembrando de que depois haveria leitores, a começar pela minha mãe, que costumava recriminar minha tendência ao escatológico.

— O frasco — esclareceu a farmacêutica —, você precisa dele para quê?

— Não não — devolvi —, não é para isso, é para...

Não soube como terminar a frase, o que obrigou a farmacêutica a finalmente erguer os olhos.

— Ah, oi! — disse. — Você é o pai do — e mencionou o nome do adolescente.

— Oi — respondi. — Desculpe, estava distraído.

Era a mãe de uma colega do adolescente, da qual em várias ocasiões eu tinha comprado os antiácidos para meu refluxo e com quem, poucos dias atrás, quando me preparava para a colonoscopia, eu tinha analisado os prós e os contras de várias marcas de laxante.

— Como vão os livros? — perguntou. — Conseguiu avançar?

Ela se referia à minha queixa de bloqueio criativo. Mas aí reparou no meu cabelo, e seu rosto mudou de repente, da amabilidade programada para a perplexidade e desconfiança.

— Sim — disse.

— Como? — respondeu, porque a visão do meu penteado apagara sua memória de curto prazo.

— Já estou escrevendo de novo — esclareci. — Obrigado por perguntar.

— Ah — devolveu.

Ensaiei um sorriso maroto no meu papel de escritor do bairro a quem, como eu quis acreditar, seriam permitidas certas extravagâncias. Preferi que a farmacêutica imaginasse o que ela bem entendesse antes de entrar em explicações que exigiriam uma construção tão árdua da verossimilhança que só fariam piorar suas hipóteses.

— Que é que você precisa mesmo? — perguntou.

Por fim, pensei num jeito de sair do impasse.

— É que caiu uma unha do meu pé e tenho que levar para o podólogo, para fazerem um exame micológico — disse. — Queria um frasquinho para guardar essa unha.

Era uma explicação nojenta, mas eu tinha visto as unhas das pessoas desta cidade durante o verão, época de chinelos e sandálias; tratava-se de uma nojeira, digamos, socialmente aceita. A saída me veio à mente porque já havia recorrido a ela num dos meus romances, que tinha um personagem com uma unha amarelada.

A farmacêutica entrou no estoque e voltou com o frasquinho.

Não tive coragem de pedir o formol, pois não teria coerência com a história da unha. Depois eu veria o que fazer.

Paguei, me despedi e saí devagar, mancando levemente com o pé direito, simulando a dor na minha unha fantasma.

— Se cuida! — ouvi a farmacêutica gritar como despedida.

Desenrosquei a tampa do frasco e depositei o pedacinho de carne da bretã ali dentro. Fiquei pensando se devia mesmo ir até outra farmácia comprar o formol. Tirei o celular e pesquisei na internet como conservar tecidos humanos. Imediatamente me arrependi da besteira de não fazer a busca em modo anônimo. Acabava de deixar na rede um rastro incriminatório digno de um *serial killer*. Fechei o navegador imediatamente, antes de ler os resultados, e considerei que já estava fazendo muito em não jogar o dedo fora. Voltei ao salão da bretã e, vendo que era impossível introduzir o frasquinho por alguma fresta, resolvi deixar um recado. Tirei da mochila o caderno e a caneta que sempre levo comigo, supostamente para anotar ideias para meus romances. Por mais que eu tentasse ser sutil, o bilhete parecia um aviso de sequestrador: estou com seu dedo, ligue para mim, e meu telefone.

No outro salão, o da queratina, como era de esperar, não podiam me atender, apesar da emergência. Aliás, nem pude terminar de explicar a situação — era uma história longa, complicada e inverossímil —, porque a cabeleireira da queratina me interrompeu para dizer que estava no meio de uma aplicação, que podia queimar o cabelo da sua cliente, e me abandonou na calçada.

Saquei o celular e localizei os dados do meu antigo cabeleireiro. Não era descabido dizer que continuava sendo meu cabeleireiro, pois ele tinha feito meu último corte completo, mas também cabia argumentar que tinha passado a ser meu ex-cabeleireiro a partir do momento em que desisti dele mentalmente e acabei nas mãos da cabeleireira bretã.

— Quem é? — perguntou, em vez de me cumprimentar.

Foi um choque perceber que eu já não estava na agenda dos seus antigos clientes. Além disso, pelo jeito de atender, devia estar ocupado, no meio de um corte ou de um tingimento. Eu disse meu nome completo em tom ressentido, como de uma canção *ranchera*.

— Para marcar hora, você tem que ligar no número que te passei — explicou, depois de me perguntar como eu estava. — Este agora é meu telefone pessoal.

— Desculpa — devolvi —, mas é uma emergência. Você não pode abrir um encaixe agora?

— O que você tem de tão urgente? Uma apresentação, uma sessão de fotos, uma viagem? — perguntou, recordando os pretextos que eu costumava usar na nossa fase anterior de cliente e cabeleireiro para conseguir hora o quanto antes.

— É muito longo de explicar — respondi.

Contei apenas que tinha passado na cabeleireira bretã — não a chamei assim, mencionei a rua onde ficava o salão — e que ela havia deixado o corte pela metade.

— Como assim "pela metade"? — perguntou.

Riu às gargalhadas quando terminei a explicação. Não parava.

— Você tem que me contar essa história toda — disse. — Quanto tempo você leva para chegar?

Pensei que o melhor seria tomar um táxi.

— Vinte minutos — respondi, calculando.

— Pode vir, que eu te espero — disse —, mas não garanto que consiga te atender imediatamente. Eu te passo na frente assim que der uma brecha.

No táxi, estive prestes a mandar uma mensagem para a brasileira contando a aventura em que tinha me metido, mas me arrependi a tempo: era melhor reservar a história para a noite, quando nos encontrássemos em casa.

— Dia difícil? — o taxista me perguntou, exatamente como fazem os taxistas nos filmes quando veem algo estranho pelo retrovisor.

Fiz um sinal apontando para os meus ouvidos, como se estivesse numa ligação, mas, como não estava com os fones, devo ter passado a impressão de que não entendia a língua dele, que estava surdo ou, mais provavelmente — já que eu tinha informado o endereço para onde estava indo e até sugerido um percurso —, que era doido ou idiota. Seja como for, funcionou, porque o taxista não voltou a me dirigir a palavra.

O salão onde meu ex-cabeleireiro estava trabalhando agora era uma franquia de uma rede com pontos em vários países da Europa. Na sala de espera, me ofereceram uma variedade de bebidas mais ampla que a da maioria dos bares. A recepcionista tinha no braço esquerdo a tatuagem de uma cerejeira de aspecto japonês e no nariz um piercing muito bonito.

Pedi uma cerveja.

— Amei o teu corte — disse ao trazê-la.

Bebi a cerveja folheando uma revista na qual pareciam testar tipografias, mais que cuidar do conteúdo. A velha questão entre forma e substância.

Algum tempo depois, meu ex-cabeleireiro apareceu. Parou no vão da porta que dava acesso ao interior do salão para me observar de longe. Levou a mão à boca, para fingir surpresa ou esconder o riso.

— *Bom, bom, bom* — cantarolou.

Levantei.

— Entra entra — ordenou, enérgico e sem pausa, como se defendesse a ausência de vírgula para contrariar o revisor.

O salão tinha uma iluminação diferente da que dominava a recepção, menos amarela, mais branca, menos brilhante, mais fosca. Junto a cada parede lateral havia uma fila de cadeiras com suas respectivas duplas de cabeleireiro e cliente. Quatro cadeiras de um lado e quatro do outro. No fundo ficavam as pias de lavagem de cabelo, para onde nos encaminhamos. E num canto havia um DJ mixando a música que saía, num volume moderado, pelos alto-falantes estrategicamente distribuídos por todo o salão.

— Não pense que é sempre assim — meu ex-cabeleireiro se apressou a esclarecer, apontando para o DJ. — Só sextas e sábados.

Eu nem tinha me dado conta de que era sexta-feira e ainda não o registrara neste escrito.

— Não precisa lavar o cabelo — sugeri ao meu ex-cabeleireiro, considerando que já estava lavado pela bretã.

— Prefiro lavar de novo — respondeu.

Era um cabeleireiro cheio de manias, metódico, obsessivo. Era por isso, entre outras coisas, que ele havia sido meu cabeleireiro durante tantos anos.

Sentei na cadeira e reclinei a cabeça para trás, encaixando a nuca na borda curva da pia. Meu ex-cabeleireiro foi esticando mechas do meu cabelo como se as medisse ou comparasse com algo na sua memória, uma imagem idealizada: meu cabelo quando ele o cortava ou uma ilustração que observou no seu tempo de estudante na academia de cabeleireiros.

— Minha nossa! — exclamou.

Não respondi nada. Sempre me incomodou falar durante a lavagem de cabelo, com a sensação do torcicolo iminente, os dentes expostos sem nenhum pudor.

No instante em que meu ex-cabeleireiro começou a me massagear a cabeça com seus dedos pontudos, recuperei a calma e a fé na humanidade. Tudo ia ficar bem, meu ex-cabeleireiro voltava outra vez a ser meu cabeleireiro.

Cumprimos o trâmite da lavagem em silêncio e nos trasladamos para a cadeira de corte.

Meu cabeleireiro foi trabalhando sem necessidade de eu especificar qualquer expectativa ou desejo. Eu mantivera o mesmo penteado durante os quinze anos em que ele tinha sido meu cabeleireiro, com duas variantes: um pouco mais comprido nas temporadas frias, um pouco mais curto nas temporadas quentes.

— Vou tentar acertar o comprimento — limitou-se a esclarecer.

Então me pus a contar o acontecido, ensaiando o tom e o ponto de vista que depois usaria aqui, ao narrá-lo nas páginas anteriores. Exagerando um pouquinho. Tentando administrar certa dose de suspense e intriga. E mostrando no final, como evidência, o frasquinho com o pedaço de dedo da cabeleireira bretã.

— Que nojo! — gritou. — Guarda esse troço!

Só que na mesma hora os outros cabeleireiros se interessaram pela peça macabra, e o frasquinho passou de mão em mão, fazendo uma turnê completa por todo o salão.

— Não me surpreende — disse então meu cabeleireiro, enigmaticamente.

Esperei que ele completasse a declaração, mas ficou calado. Eu sabia o porquê, conhecia muito bem a figura: ele não me contaria nada por iniciativa própria, pois isso — segundo ele — seria uma indiscrição imperdoável; mas, se eu insistisse para ele falar, a moralidade da sua delação mudaria, a falta seria atenuada.

— Você a conhece bem? — perguntei, para puxar pela língua.

— Ah, se a conheço — respondeu. — Se você estava procurando outro cabeleireiro no bairro, devia ter me consultado. Passa longe das da queratina, são umas ladras. E fazem o tratamento brasileiro, nem sei como permitem. É cancerígeno, deviam interditar aquele salão.

— Mas o que há de errado com a bretã? — insisti, para que não fugisse do assunto, agora sim identificando a cabeleireira pelo seu lugar de origem.

Descansou os dedos na minha cabeça, interrompendo a atividade das tesouras.

— Você não pode contar isso para ninguém — advertiu.

— Claro — respondi.

— Nem pôr nos seus livros. Eu te conheço.

— Imagina! — respondi, indignado.

Mesmo não confiando na minha promessa, passou a me contar a história da cabeleireira bretã, e, para ser sincero, é uma pena que eu não possa reproduzi-la aqui, porque era bem pitoresca, ridícula até, e muito engraçada.

— O resto está nos jornais — disse meu cabeleireiro quando terminou.

— Nem você mesmo acredita nisso — eu disse, rindo, certo de que ele estava tirando com a minha cara.

— Pode procurar no celular — desafiou. — Eu dito o nome dela.

Cravei o olhar no espelho, no ponto onde se refletiam os olhos do meu cabeleireiro. Parecia sincero.

— Vai — insistiu.

Tirei o celular do bolso da calça. Meu cabeleireiro soletrou o nome da cabeleireira bretã. A notícia apareceu.

Era de quatro anos atrás e tinha sido publicada tanto nos jornais regionais da Bretanha como em alguns nacionais.

— Aliás — disse meu cabeleireiro —, você notou que abriram um desses locais no bairro? São muito comuns em outros países, não só na França; aqui mal começaram a chegar.

— Um salão de despiolhamento? — perguntei, ainda lendo a notícia, traduzindo-a de cabeça com meu péssimo francês.

— *Adiós bichitos* é o nome local — respondeu.

Estalei a língua para expressar meu desacordo com as tendências comerciais do momento e com a extinção da vírgula vocativa, mas o que mais me incomodava era que meu cabeleireiro tivesse mudado de assunto para diminuir a importância do que acabara de me contar sobre a cabeleireira bretã.

— Só fiquei sabendo disso tudo porque ela veio

me pedir emprego — apressou-se a dizer, intuindo minha contrariedade. — Quando se mudou para Barcelona, andou distribuindo currículos a torto e a direito. Mas sempre omitindo um dos nomes, que não é boba. Naquela época comecei a sofrer de lumbago, lembra? Foi antes da cirurgia. E cheguei até a pensar em contratar a moça para cobrir alguns dias e me aliviar um pouco do trabalho. Pedi os documentos dela, e quando vi que o nome não batia com o do currículo, fui pesquisar na internet.

— E aí não a contratou? — perguntei.

— Claro que não! — respondeu. — Tinha antecedentes criminais. Imagino que deve ter acontecido o mesmo em todos os salões que ela procurou, porque dali a pouco ela abriu o próprio. Alugou aquele ponto quando o pessoal dos cachorros se aposentou, porque lá antes funcionava um pet shop. Nem queira saber como aquilo fedia.

Ficamos algum tempo em silêncio, enquanto meu cabeleireiro passava o secador. Depois ele disse algo que não entendi por causa do barulho.

— O quê? — perguntei.

Fez uma pausa na secagem.

— Eu disse que você ficou com cabelinho de criança — respondeu.

Para acertar o comprimento do cabelo, ele tinha sido obrigado a cortá-lo muito mais curto que o habitual, e agora eu estava com o tipo de corte que os pais avarentos costumam pedir para adiar uma nova visita.

— Vou te dizer uma coisa — disse, enquanto escovava os cabelos que tinham ficado na minha nuca. — Não gosto de ser maldoso, mas a bretã está tramando alguma.

Levantei as sobrancelhas para dar rédea larga às suas suspeitas.

— O de sempre, a malandragem picaresca — continuou. — Talvez ela esteja querendo alegar incapacidade permanente, entende? Conseguir a aposentadoria antecipada por invalidez e viver às custas do Estado.

— Você acha que ela simulou o acidente? — perguntei.

— Não sei se o simulou, mas pode ter provocado.

— Eu achei bem verossímil — comentei.

— O salão está sempre vazio — acrescentou, mostrando, com nojo, o frasquinho que acabava de voltar às suas mãos. — Essa mulher é um perigo. Capaz que te chame para testemunhar. Você tem a prova.

Deixei meu cabeleireiro no salão e fui pagar. A

recepcionista não tentou ocultar seu desapontamento com a mudança no meu penteado.

— Emprego novo? — perguntou.

Respondi que não tinha entendido

— Não dá para crer que, em pleno século XXI, continuem permitindo esse tipo de discriminação — disse, dando como certo que eu tinha entendido, sim, mas estava com vergonha de admitir a verdade. — Minha namorada já teve que ouvir, numa entrevista, que só seria contratada se usasse mangas compridas para esconder as tatuagens. Ela denunciou a empresa, claro.

Hesitei pensando se devia desfazer o mal-entendido, mas preferi bancar a vítima do sistema em vez de entrar em explicações suspeitas, que lhe fizessem achar que era eu quem tinha me atirado no colo quente da maturidade e do aburguesamento.

— Eu preciso muito desse emprego — disse, com cara de cachorrinho abandonado.

— Mas gostei do toque irônico — replicou —, de menino bem-comportado. Como é mesmo que se diz? Um tapa com luva de pelica?

Sorri enquanto passava o cartão de crédito na maquininha para que o capitalismo operasse sua bruxaria.

— O emprego é do quê? — perguntou a recepcionista.

Refleti por um segundo, descartando as profissões que já tinham complicado minha vida naquele dia.

— É numa clínica de gastrenterologia — afirmei.

— De enfermeiro, zelador?

— Não não, vou trabalhar na administração, com a burocracia dos planos de saúde, cobranças, atestados, essas coisas.

— Então boa sorte — me desejou a recepcionista, demonstrando sua solidariedade com a classe trabalhadora.

— Obrigado — respondi.

Na rua, consultei o mapa no celular para decidir como voltar para o estúdio. Estava quase na hora do almoço, mas sentia a necessidade tirânica de começar a escrever tudo o que tinha acontecido comigo antes que os detalhes começassem a sumir; mais tarde, poderia comer alguma coisa ali perto e depois ir pegar a menina na escola.

Era uma viagem longa e, como já comentei, aquele bairro era muito mal servido de transporte público, o que me obrigaria a baldear entre duas linhas de metrô. Felizmente, achei um assento vago e consegui fazer algumas anotações no meu caderno — elementos que empregaria nas páginas anteriores. Fiquei tão concentrado que passei da estação. Desci na seguinte, refiz o caminho, fiquei atento à conexão e, já no trem certo, de novo sentado, continuei escrevendo sem parar, saí do metrô e fui ligeiro até o estúdio, gravando dois ou três áudios enquanto caminhava, coisas que foram surgindo na minha cabeça e que eu não queria que se diluíssem no caldo viscoso da minha memória de curto prazo.

Meu estômago roncava tentando me chamar a atenção, e, embora o gastrenterologista tivesse me alertado de que a pior coisa era não comer na hora certa, deixar o estômago vazio, permitir que os ácidos surgissem, brotassem, borbotassem e subissem livremente até minha cárdia aberta, continuei escrevendo mais um tanto, em transe, com o frasquinho com o dedo da bretã na minha frente, como fonte de inspiração. Só parei quando notei os sinais inequívocos do cansaço: a aparição das frases feitas, das imagens óbvias, das metáforas surradas, das formas que o lugar-comum assume.

Pus de lado o caderno e a caneta, calculando se depois do almoço, antes de ir pegar a menina na escola, ainda teria tempo de passar o escrito para o computador, e dei uma olhada no celular, enquanto me preparava para sair.

Havia uma mensagem da brasileira, pedindo para eu confirmar se iríamos à praça com a menina, que ela poderia nos encontrar lá quando saísse do escritório; respondi que sim, claro, era sexta-feira, a rotina da felicidade assim o exigia. Depois vi duas chamadas perdidas; uma de mais ou menos uma hora atrás e outra de apenas vinte minutos, durante o tempo em que eu tinha estado embebido, ou melhor, abobalhado, embotado, escrevendo com o celular silenciado.

Eram de uma vizinha, uma senhora idosa, aposentada. Eu não ligaria de volta nesse momento se ela não fosse a síndica, e eu o subsíndico, e não estivéssemos lidando com um conflito em torno do barulho causado por um vizinho alemão que não parava de reformar seu apartamento, como se estivesse construindo a Sagrada Família. Liguei e me precipitei para a rua, agora sim faminto, rumo ao meu restaurante mexicano de confiança. Eu merecia, era meu prêmio de bom desempenho por ter sobrevivido à aventura e, se não bastasse, por tê-la transformado numa boa manhã de escrita.

— Tem um fã seu rondando por aqui — disse a vizinha depois de eu me desculpar por não ter atendido às suas chamadas.

— Como? — perguntei.

— Quando fui levar minha cachorra para passear, ele me abordou perguntando por você — disse.

— Queria saber se eu conhecia um escritor mexicano que morava aqui perto. Acho que é da sua terra — acrescentou —, se bem que eu confundo os sotaques sul-americanos.

— Ele disse mais alguma coisa?

— Nada, ficou contente quando perguntei se era de você que ele estava falando. Disse que ia esperar. Fiz mal?

— Não não, tudo bem.

— Faz um tempão que ele está aqui, encostado na porta. Já expliquei que nem sempre você vem almoçar. Quer que eu lhe diga alguma coisa?

Fiquei me perguntando como será que ele tinha descoberto meu endereço, mas concluí que isso não seria muito difícil de deduzir se ele fosse mesmo um bom leitor dos meus livros, se tivesse prestado atenção nos detalhes — seria um doutorando escrevendo uma tese sobre minha obra? — e, acima de tudo, se me seguisse nas redes sociais e analisasse minhas fotos e postagens. Enquanto escutava minha vizinha e ia me aproximando do restaurante, senti um calorzinho se espalhar pelo meu esterno. Era a vaidade, estava contente. Imaginei o leitor na sua espera estoica, suportando o sol e o fedor das caçambas de lixo que há anos pedimos para a prefeitura tirar da frente do nosso prédio, carregando heroicamente meus livros para pegar meu autógrafo — eram seis no total, sete contando a novela infantil. Já pesavam um bocado.

Pedi para a vizinha dar a ele o nome do restaurante mexicano e avisar que o esperaria lá, pois não ficava longe, na rua tal.

— Diga, por favor, que o almoço é por minha conta — acrescentei, magnânimo, e me arrependi na mesma hora, porque outra discussão em curso no condomínio era em torno das despesas extraordinárias para instalar um elevador no edifício, e a brasileira e eu nos opúnhamos à obra porque iria desequilibrar nosso orçamento.

Entrei no restaurante como se fosse a cozinha da minha casa. Fazia sete anos que eu frequentava o local, desde que voltamos do Brasil e fiquei sabendo que meu antigo restaurante mexicano de confiança tinha fechado durante minha ausência. Conhecia bem o dono — que era o chefe de cozinha — e a irmã dele — que coordenava os garçons e cuidava do caixa —, contando com a consideração especial de ambos por ter recomendado o restaurante em algumas entrevistas para jornais da cidade. Também costumava levar lá meus alunos das oficinas literárias no último dia do ciclo, para comemorarmos e nos despedirmos.

Mas nesse dia não fui recebido pela irmã do dono, e o dono tampouco estava na cozinha. Um parente deles falecera no México; tinham acabado de receber a notícia, saíram poucos minutos antes de eu chegar. Quem me explicou isso foi a garçonete — uma moça muito nova, catalã, a julgar pelo sotaque —, diante da minha insistência em perguntar por eles, supostamente para cumprimentá-los, mas na verdade era algo que eu costumava fazer para garantir que me dessem de comer bem, ou seja, que me dispensassem um tratamento privilegiado; era uma atitude nefasta — ressaibo de um sofisticadíssimo sistema de fórmulas de cortesia com o qual as classes altas mexicanas transformam a corrupção e o nepotismo em regras de etiqueta —, mas moralmente inatacável quando se trata de comer bem.

— Quem é que está na cozinha hoje? — perguntei para a garçonete catalã, num último esforço para salvar a situação.

Mencionou dois nomes totalmente desconhecidos e, já sentado à mesa que ela me atribuiu, lancei um olhar para a cozinha, para ver se reconhecia os rostos. Mas nada.

— Quer que eu já traga alguma coisa, ou prefere esperar? — perguntou a garçonete catalã, porque eu tinha pedido mesa para dois.

Pedi uma Modelo Especial e disse que iria esperar.

— Pode me trazer uns *totopos* por enquanto? — acrescentei. — Estou morrendo de fome.

— Uns quê?

Estava dado que, se eu morava no exterior e ia a um restaurante mexicano, era, entre outras coisas, para não ter que puxar notas de rodapé por um tempo, mas tudo bem, também era importante que os aborígenes conhecessem nossos usos e costumes e era nosso dever defender a pátria por meio da pedagogia culinária.

— Uns *nachos* — expliquei.

— Com guacamole ou com feijão? — perguntou.

— Não não — disse, exagerando na atuação; realmente essa história de não pronunciar as vírgulas estava virando um vício. — Só os *nachos*, sem nada.

A garçonete catalã espiou com o rabo do olho o menu que acabava de deixar sobre a mesa, hesitando. Expliquei que não estavam no cardápio, mas que era como se me trouxesse um pouco de pão antes da comida, que era exatamente isso.

— Vou consultar na cozinha — disse.

Suspirei muito triste.

Passaram-se alguns minutos, a garçonete catalã voltou com a cerveja e as explicações de que não podia me servir os *totopos* porque os chefes não estavam. Pedi então um guacamole, e aos poucos, com os primeiros goles de cerveja e o efeito endorfínico do abacate, mais a expectativa da chegada do meu leitor, fui ficando sentimental.

Fazia mais de trinta anos que eu começara a escrever, na adolescência, e durante todos esses anos minha vida tinha dado mil voltas: comecei um curso equivocado na faculdade, larguei minha primeira profissão, voltei à universidade para estudar letras, depois vim a Barcelona para fazer o doutorado, larguei o doutorado, e durante todo esse tempo eu só não larguei a escrita, escrevendo continuamente com uma fé e um amor pela literatura que agora me pareciam inverossímeis. Mas não foram ilusões vãs, eu tinha conseguido escrever meus livros e, o mais insólito, que fossem editados e tivessem leitores! De carne e osso, reais. Saúde, Juan Pablo do passado, pensei, tomando um grande gole da Modelo Especial, e justo nesse instante, exibindo seus numerosos músculos numa camiseta justíssima, o equatoriano entrou no restaurante.

Demorou para me reconhecer, parecia duvidar que eu fosse eu, mas vi de longe que a garçonete catalã confirmava minha identidade apontando com o braço direito estendido para a mesa onde eu estava. Atravessou o restaurante com determinação; o local era pequeno, eu não tinha escapatória.

— O que aconteceu? — perguntou, em vez de me cumprimentar, apontando para o meu cabelo.

— É uma longa história — respondi.

O equatoriano puxou a cadeira que estava em frente à minha e, sem pedir licença nem me consultar, se sentou. Tinha um cheiro forte, de suor concentrado, de homem experiente, de personagem de ação.

— Que bom que você conseguiu me localizar — eu disse, entre irônico e covarde, ocultando minha decepção e tentando desarmar sua provável, possível, hipotética e muito factível agressividade.

Então o vi tirar o celular do bolso da calça e depositá-lo sobre a mesa, e em seguida afastar o porta-guardanapos do centro para a borda, como se precisasse de espaço para manobrar e deixar a via livre para seus braços musculosos me atingirem.

— No que eu posso te ajudar? — perguntei.

— O curso é muito caro — respondeu —, mas fiquei sabendo que você dá umas oficinas. Quanto custam as oficinas?

— Como é que você me achou? — perguntei.

— Olhando teu Twitter — respondeu.

Uma parte de mim, a parte equilibrada que eu conseguira fortalecer por meio da psicanálise, aquela que me ajudava a combater a paranoia e aplacar minhas crises de hipocondria, me aconselhava a conversar com ele, dar-lhe alguns conselhos e, se fosse o caso, ler e revisar algumas páginas suas, pois com isso não só me livraria dele, como viraria o jogo. Outra parte sussurrava que eu chamasse logo a polícia; mas quem se deve acionar em casos de perseguição literária? Os *mossos d'esquadra*? A guarda urbana? A polícia nacional? E ainda havia uma terceira parte que teria que dar um jeito de amortecer a queda do alto do meu ego de escritor; eu acabara de despencar sem rede de proteção, sem ironia, e era bem-feito, por ter me deixado levar pelo sentimentalismo. Mas esse ajuste de contas se resolveria mais tarde, muito provavelmente sem que eu percebesse, num daqueles sonhos em que eu falava de literatura diante de uma plateia e de repente meus dentes caíam.

— Quer comer? — perguntei. — É por minha conta. Vou fazer o pedido, estou morrendo de fome.

Assim que a garçonete catalã se retirou, pedi para o equatoriano me falar sobre seu livro.

— Falar o quê? — perguntou, desconfiado. Pelo jeito, durante a espera fora do meu apartamento, ele tinha acumulado, além de suor, uma sensação de ofensa.

— Do que se trata? Você já me disse que é sobre suas experiências, que você viveu coisas muito duras. Conta mais.

Ficamos um bom tempo em silêncio, como pondo à prova um ao outro, ou melhor, como se o equatoriano me pusesse à prova. Claro que perdi.

— Vamos fazer o seguinte — propus, tentando diminuir a tensão. — Você me manda o manuscrito, e eu dou uma olhada. Depois, podemos voltar a conversar.

— Que manuscrito?

— Do teu livro.

— Ainda não comecei a escrever, é por isso que eu quero fazer a oficina.

— Não é assim que funcionam as oficinas. Lá ninguém escreve. O que a gente faz é ler, revisar, comentar, reescrever. Além disso, minhas oficinas estão lotadas. Mas leio com prazer o que você me mandar, e aí conversamos.

Voltamos a ficar calados, mas desta vez resolvi aguentar firme, até que ele fosse obrigado a quebrar o silêncio; porém o equatoriano se distraiu mexendo no celular, mandando mensagens com os olhos grudados na tela, como se estivesse esperando alguma coisa.

Eu me pus a pensar por que ele queria escrever, era uma pergunta que volta e meia eu me fazia: por que tanta gente tão heterogênea, aparentemente tão distante da literatura, achava que queria escrever? O desejo de escrever, que impulso mais irracional;

como o amor, e assim como acontece com a consumação do amor, ao escrever o resultado era quase sempre decepcionante, parece impossível dar forma àquilo que se imaginava; quando muito, a busca resultava num achado, num estilo que acabava virando fórmula, saciedade, repetição, literatura convencional, complacente consigo mesma, assim como o amor pequeno-burguês; talvez no fundo o único amor genuíno pela literatura fosse o que mantinha aceso o desejo de escrever sem consumá-lo, talvez a verdadeira prova de amor pela literatura fosse negar-se a escrever, optar por permanecer apaixonado pela literatura em vez de se tornar escritor.

Assim que a garçonete catalã trouxe a comida, o celular do equatoriano tocou, e ele não só atendeu, como ativou a câmera de videochamada.

— Oi, benzinho! — disse, sorrindo para a tela.

— Onde você está? — respondeu a *uruguasha*.

— Estou aqui com o escritor mexicano do outro dia, lembra? Ele vai me ajudar a escrever meu livro. Vou participar da sua oficina, está me dando uns conselhos muito bons. Espera aí, que ele vai te dar um alô.

Girou a tela do celular e custei a reconhecer a

mulher da livraria, talvez porque naquela ocasião sua cara era de cansaço, e agora parecia de exasperação.

— Oi — eu disse, escondendo o taco de *cochinita pibil* que ia começar a comer e devolvendo-o ao prato.

— A que horas você volta? — perguntou a *uruguasha*, me ignorando.

O equatoriano desligou a câmera e o viva-voz e disse que íamos ficar a tarde inteira trabalhando no manuscrito, que tínhamos muito a revisar, e que depois ainda precisaria reescrever e reler, porque escrever um livro era muito mais difícil do que ele imaginava.

— Qualquer coisa, eu te aviso — disse —, mas antes das dez não vai dar.

Começaram então a discutir o horário em que o equatoriano voltaria para casa, e estava na cara que era uma briga recorrente.

Aproveitei o parêntese para me concentrar no meu prato. Baixei os olhos e contemplei os quatro tacos, a cor quente do urucum, a cebola roxa que os coroava; fiz uma pinça com os dedos e ergui o primeiro taco rumo à minha boca. Quantas vezes ao longo da vida eu tinha realizado esse movimento? Infelizmente, muito menos do que eu gostaria, por ter deixado o México havia tantos anos. Mas agora não era hora para lamentação, o taco já encostava nos meus lábios, inclinei a cabeça para a esquerda preparando o ângulo da dentada, abri a boca e mordi com gula, com esperança, com saudade. Ao mastigar a mescla de tortilha, porco, urucum, laranja, limão, vinagre, orégano e *chile habanero*, estremeci; fui tomado por um prazer delicioso que me tornava indiferente às vicissitudes da vida, aos seus desastres inofensivos: estava tudo bem, o cozinheiro substituto era um bom aprendiz, tudo ia ficar bem.

O equatoriano prometeu à *uruguasha* que tentaria chegar às nove, e finalmente desligou.

— Quer dizer, então, que você diz a ela que sai para escrever, mas não escreve coisa nenhuma — eu disse. — Aonde você vai?

Guardou o telefone no bolso da calça e olhou para a comida preocupado: a acumulação barroca de tacos dourados com alface, guacamole, creme e molho parecia intimidá-lo, como se de repente se desse conta de que teria que fazer manobras complicadíssimas para não lambuzar o rosto e a roupa, uma tarefa impossível, uma peça macabra que eu tinha pregado ao recomendar que ele pedisse esse prato.

— Quanto custa a oficina? — perguntou. — Eu pago o que for, e você e eu combinamos que sexta e sábado nos encontramos para a oficina. O que acha? Preciso que você me dê uma mão.

— Na verdade, você precisa é que eu seja o teu álibi — respondi.

— Não é o que você está pensando — disse.

— E o que você acha que estou pensando? — perguntei.

— O que você acha que estou pensando que você está pensando? — retrucou.

— Que você tem uma amante — respondi.

— E não é?

— Não, não é isso que estou pensando.

— O que é, então?

— Que você tem medo de ser pai e está fazendo alguma coisa para se superar, sei lá, talvez um segundo emprego, um curso de capacitação para conseguir uma promoção, algo que você tem vergonha de contar pra tua mulher, uma mentira piedosa que foi crescendo com o tempo.

— Não tenho medo — respondeu.

— Há quanto tempo você está nessa?

— Alguns meses — disse.

— E aonde você supostamente ia escrever? Aonde você acha que vão os escritores?

— Eu dizia que ia à biblioteca, para me concentrar, mas ela já não acredita nisso. Um dia foi lá me procurar, e aí já viu.

Fiz uma pausa para comer mais um taco, antes que esfriassem.

— É normal ter medo — eu disse, depois de tirar com a língua um pedacinho de cebola preso entre os dentes.

— Não tenho medo — voltou a dizer, terminante.

— Certo, certo, desculpa. É uma projeção, porque eu, sim, tinha medo de ser pai. De fato, foi assim que escrevi meu primeiro romance, quando meu primeiro filho estava para nascer. Mas, claro, eu queria mesmo escrever um livro.

Finalmente, o equatoriano resolveu atacar o prato; pegou garfo e faca, mas o repreendi na hora.

— Com as mãos — ordenei.

Obedeceu, dobrando-se à minha superioridade folclórica.

— Sem medo — acrescentei, como se além dos tacos dourados também estivesse falando da sua paternidade iminente e do segredo que estava escondendo da *uruguasha* e de mim.

Em poucos segundos, seu prato virou uma papa repugnante, o molho escorria pelos cantos dos lábios do equatoriano e ele tinha guacamole grudado no nariz e nas bochechas.

— Está bom? — perguntei.

Respondeu que sim com um movimento da cabeça.

— Não disse? — disse.

Acabamos de comer em silêncio.

— E o que eu teria que fazer? — perguntei, depois que a garçonete catalã levou os pratos vazios e pedimos café. — Mandar a lista de frequência da oficina para tua mulher, para que ela acredite?

Em vez de responder, ele se pôs a contar a história da sua vida. Era uma história comovente, de superação pessoal, dramática, às vezes dramática demais, com a inverossimilhança típica de quem usa as telenovelas como modelo narrativo para interpretar a própria vida. Havia um detalhe curioso: o equatoriano sempre trabalhara como segurança, na vigilância privada; primeiro no Equador, depois na Argentina, onde morou por algum tempo e onde conheceu a esposa — que no fim não era *uruguasha*, e sim de Mar del Plata —, e mais tarde em Terrassa, Badalona e Barcelona.

— Você já leu o Bolaño? — perguntei quando ele terminou.

Respondeu que não sabia quem era.

— Lembrei dele porque também trabalhou como segurança, num camping.

— É um favor — disse, retomando seu pedido e menosprezando meus conhecimentos intertextuais.

— Me dá uma força.

Olhei a hora no celular; já era tarde e não daria mais tempo de eu passar no estúdio e transcrever para o computador o que eu tinha escrito, ia ter que ir direto pegar a menina na escola. Chamei a garçonete catalã e pedi a conta.

— O que você quer que eu faça? —perguntei-lhe.

De repente ele se animou, como se o caráter resolutivo e pragmático da minha pergunta significasse que eu aceitava ajudá-lo. E de fato era isso mesmo, a história do equatoriano tinha derrubado minhas defesas — também as duas Modelo Especial e o sangue que se concentrara no meu aparelho digestivo estavam cumprindo sua tarefa apaziguadora.

Ele queria que tirássemos várias fotos juntos para que ele pudesse enviar para a *uruguasha*, que não era uruguaia, nos dias que ele alegasse ir à minha oficina, como prova de que tinha mesmo estado comigo. Prometeu que, se ela descobrisse a tramoia, diria que eu não sabia de nada, que ele apenas tinha me pedido as fotos para se exibir nas redes sociais.

— E o que você vai fazer quando tudo terminar? — perguntei. — De onde vai tirar um livro?

— Um problema de cada vez — respondeu —, um jogo de cada vez — acrescentou, como um técnico de futebol.

Tentei olhar no fundo dos seus olhos.

— Pela irmandade latino-americana — disse.

— Ou pela irmandade patriarcal — respondi.

— Como?

— Nada, estava aqui pensando que minha mulher não vai gostar nem um pouco dessa história.

— É só não contar para ela.

— Você também não vai me contar do que se trata? É o mínimo que deveria fazer, se quer mesmo que eu te ajude.

— Não é nada ilegal — garantiu. — Juro.

— Eu acredito — disse, e acreditava mesmo.

Paguei, pedi à garçonete catalã que mandasse um abraço para o dono do restaurante e sua irmã, enquanto o equatoriano voltava a mexer no celular.

— Espera — ele disse, quando arrastei a cadeira para trás, começando a me levantar.

Explicou que precisava mudar a configuração da câmera para que não registrasse a data e o local das fotos.

— Escuta — falei, sério, solene até —, eu gostaria de te ajudar, mas não quero me meter em problemas ou, sem ter culpa no cartório, contribuir para alguma coisa com que eu não concorde. Você tem que me contar o que está acontecendo.

O equatoriano finalizou seus trabalhos de engenharia picaresca e ficou me olhando muito fixo nos olhos.

— Certo, vou contar, mas você não pode contar para ninguém — disse —, muito menos escrever. Um amigo meu diz que a gente não pode contar nada para um escritor, porque acaba num livro.

— Teu amigo é escritor? — perguntei.

— Não — respondeu —, mas tem um cunhado que escreve e já brigou com a família inteira. Ninguém abre a boca perto dele.

— Eu escrevo sobre outras coisas — me defendi.

— Que coisas? Teus livros são sobre o quê?

Não consegui saber ao certo se o descaramento

do equatoriano me ofendeu ou me entristeceu. Meu suposto leitor, meu fã, não tinha nem sequer se dado ao trabalho de ler um dos meus contos ou uma das minhas crônicas, que ele podia achar facilmente na internet, nem tinha passado pela sua cabeça fazer o esforço de baixar ilegalmente algum dos meus romances, que dirá comprar.

— Não sei — respondi —, das minhas coisas, das coisas que acontecem comigo.

— E isto agora não está acontecendo com você?

— É um exemplo ruim. O que eu quero dizer é que você pode ficar sossegado. Não sou esse tipo de escritor.

Em seguida, repeti aquela lenga-lenga que tinha soltado na livraria: que eu não acreditava na *literatura da experiência*, que a minha era *literatura da imaginação* etc.

— Mas você acabou de dizer que escreve sobre coisas que te acontecem — interrompeu, notando a contradição dos meus argumentos.

— São coisas que acontecem na minha cabeça, no meu íntimo — expliquei. — E as que acontecem fora, na realidade exterior, eu modifico para transformar em literatura, porque não existe uma literatura já pronta na realidade, pelo menos não o tipo de literatura que eu gosto.

Se não o convenci, venci por cansaço, pois o equatoriano, para que eu parasse de falar, afinal me revelou o seu segredo. ███████████████
████████████████████████████████
████████████████████████████████
████████████████████████████████
████████████████████████████████
████████████████████████████████
██████████████████.

— Você devia contar isso para a tua mulher — aconselhei. — Tenho certeza de que ela vai entender.

— Só se tudo der certo — respondeu. — Preciso de tempo, dois meses, três no máximo.

— Mas ela desconfia que você está fazendo algo errado, quando na realidade é quase heroico, como um personagem de outra época — eu disse.

— Personagem?

— Desculpa, pessoa.

Olhei a hora no celular. Já eram quatro e dez. Restava meia hora antes que eu tivesse de sair correndo para pegar a menina na escola. Devolvi os olhos ao caderno e acelerei.

— Vamos tirar uma foto aqui e depois procuramos outros lugares — ele disse.

Levantamos e caminhamos para a saída do restaurante.

— Eu trouxe algumas mudas de roupa — explicou, mostrando sua mochila.

Deixei escapar uma gargalhada diante de tamanha desfaçatez.

— E o cabelo? — perguntei.

Respondeu que daríamos um jeito tirando selfies comigo em primeiro plano, enquadrando parte do meu rosto, e que ele iria alternando o uso das fotos. Tinha pensado em tudo.

Tive que cobrir os olhos ao irromper na rua, furiosamente iluminada em comparação com as luzes foscas do restaurante.

— Você ainda não me falou quanto custa a oficina — disse —; quanto vou ter que pagar por isso — esclareceu, como se fosse necessário.

— Vou pensar — respondi, brincando. — É sempre bom contar com um amigo musculoso que tenha vivido experiências duras.

— Pode contar comigo — disse, contente.

Quarenta minutos mais tarde, eu estava no portão da escola entregando um pacote de biscoitos à menina, e seguimos para a praça, onde suas amigas já estavam brincando *sem ela*. Fui um dos últimos pais a aparecer — o equatoriano tinha demorado mais que o prometido, obcecado com a verossimilhança das fotos —, e a menina teve que me esperar até um minuto antes de ser mandada para a zeladoria, coisa que a aborrecia muito, como se suspeitasse que eu planejava abandoná-la mas me arrependia no último instante.

— Você chegou atrasado — disse, enquanto pelejava com o pacote de bolachas, desenhado à prova dos seus consumidores-alvo.

— Não — respondi.

— Sim — replicou.

— O portão ainda estava aberto — sentenciei, para encerrar o assunto.

Era quase um milagre que eu tivesse chegado lá às quatro e cinquenta e nove, depois de todas as peripécias daquele dia.

— Desculpa — eu disse à menina, em tom conciliador. — Ando com muito trabalho.

Lembrei que, durante uma época — em duas épocas, na verdade, separadas por três anos, a diferença de idade entre meus filhos —, o adolescente e a menina estiveram obcecados por entender o que eu fazia no estúdio, ou o que eu *supostamente* fazia, como bem glosava a brasileira, sabendo que eu podia passar o dia inteiro olhando para a parede, caminhando pelo corredor que levava à cozinha, saindo para tomar um café ou fazer alguma pequena tarefa que me servia de pretexto para arejar a cabeça e tentar achar o caminho para continuar — ou começar — a escrita. Acho que foi no terceiro ano do fundamental, talvez no quarto, quando a escola convidava alguns pais e mães para falarem das suas profissões na sala de aula. Nunca me convidaram; nunca soube, de fato, como decidiam quem convidar, se as crianças, movidas pelo orgulho, sugeriam seus progenitores, se eram os professores que os escolhiam, ou se, mais provavelmente, a questão era discutida naquele grupo de WhatsApp que eu abandonei porque chegavam trezentas mensagens por dia sobre piolhos, aventais perdidos, intolerâncias alimentares e a independência da Catalunha.

— Como foi na escola? — perguntei à menina, quando pisamos na calçada da rua da praça.

Apontou para o biscoito meio mordido que segurava na mão direita para explicar que, conforme eu lhe ensinara, não podia falar de boca cheia.

— Você não me trouxe mais nada? — respondeu, quando acabou de deglutir o pedaço de bolacha.

Entreguei a ela uma mexerica temporã, meio murcha, mais amarela que alaranjada, que eu tinha comprado às pressas ao lado da escola.

— Está horrível — disse de repente a menina.
— O quê? — perguntei-lhe.
— O cabelo — replicou. — Ficou muito esquisito.
— Obrigado — devolvi.
— Parece — disse, e não consegui escutar o resto da frase, porque uma moto passou pela rua.
— Que foi que você disse?
— Nada — respondeu.
— Você falou que eu pareço não sei o quê, mas não escutei por causa do barulho.
— Nem eu — respondeu.

Na praça me juntei ao grupo de pais das amigas da menina e resolvi perguntar se alguém conhecia a cabeleireira bretã, se tinham cortado o cabelo com ela, mas não consegui avançar nas minhas averiguações, porque a simples menção da cabeleireira, para puxar o assunto, derivou numa longuíssima digressão voltada a zombar do meu novo penteado, de menino de orfanato. Estávamos nessa, quando a brasileira apareceu.

— Cadê o atestado? — disparou, com aquela determinação que derrotara a burocracia de dois continentes. — Acabam de me avisar que preciso enviar uma cópia agora mesmo.

Abri a mochila para procurar.

— Eu te disse — ela disse.

— O quê? — perguntei.

— Que era para você ir no — e falou o nome do meu ex-cabeleireiro, ou melhor, do meu cabeleireiro recentemente recuperado, a quem não pedi permissão para citar o nome, portanto o omito, por via das dúvidas.

— Ficou tão ruim assim?

Entreguei-lhe o envelope com o logotipo da clínica de gastrenterologia e a vi se afastar sem responder à minha pergunta, para fotografar o documento com seu celular.

Ficou algum tempo mexendo no aparelho, imagino que para enviar a foto e confirmar o recebimento. Enquanto isso, a conversa entre os pais se desviou, e eu, francamente, preferi não puxar o assunto de volta para o meu cabelo. De repente, a brasileira se aproximou quase correndo.

— Está no teu nome — disse.

Achei que não tinha entendido, ou preferi não entender; em todo caso, tentei fingir — mal, claro.

— Olha aqui — exclamou, mostrando o atestado. — Você não conferiu?

Eu não sabia o que seria pior: responder que sim ou responder que não, então me limitei a cerrar os dentes e conferir o documento. Li o cabeçalho e efetiva, infeliz, lamentável, tristemente ela tinha razão: as recepcionistas da clínica de gastrenterologia tinham me sacaneado.

— Eu vou lá — ela disse.

— Não não — respondi, ofendido.

Dobrei o papel, enfiei de volta no envelope e, depois de prometer à brasileira que lhe enviaria uma foto do atestado corrigido dali a dez minutos, disparei rumo à clínica traçando o percurso mais curto dentro da minha cabeça.

Na sexta-feira à tarde, as pessoas se sentem na obrigação de ser felizes, e toda essa felicidade de crianças de bicicleta, cachorrinhos passeando, namorados tomando sorvete e avós com seus netos virou uma corrida de obstáculos. Eu avançava em zigue-zague, pedindo desculpas com gestos e mãos, com a adrenalina a mil e na esperança de que a troca de turno de recepcionistas facilitasse as coisas. Mas outra voz dentro de mim — a do diabo que todos levamos dentro — me dizia que era tarde demais para aparecerem novos personagens, que o melhor, em nome da coerência formal, seria que reaparecessem as mesmas recepcionistas. Afinal de contas, o que era mais importante? O trâmite ou a narrativa? A narrativa! Portanto, me encomendei ao neoliberalismo, à possibilidade quase certeira de que as recepcionistas fossem subcontratadas, de que os serviços administrativos da clínica fossem terceirizados e que as recepcionistas fossem trabalhadoras precarizadas dispostas a estender a jornada com muitas horas extras.

Entrei na clínica e verifiquei com alívio que as recepcionistas continuavam lá depois de oito horas, firmes nas trincheiras do trabalho temporário. Eu era o terceiro da fila, o que me permitiu observar as recepcionistas cochicharem ao me reconhecerem.

O que eu diria a elas? Deveria usar um tom conciliador, insinuando de saída que tinham cometido um erro, um deslize fácil de corrigir? Ou deveria logo me precipitar na fúria, na reclamação destemperada que, infelizmente, tantas vezes havia provado sua eficácia nestas plagas?

— Ficou mais moço — disse a primeira recepcionista quando chegou minha vez, antes que eu pudesse abrir a boca.

Embora o mais lógico, considerando nossos antecedentes, fosse interpretar que o comentário era irônico, que ocultava um sarcasmo sobre a infantilização da minha aparência, o fato era que seu tom parecia sincero, gentil até.

— Está bem melhor, mesmo — confirmou a segunda recepcionista, interrompendo por um segundo o atendimento de outro cliente e me dedicando um sorriso meigo.

Mas o que estava acontecendo?

A primeira recepcionista me passou um pedaço de papel pelo vão do vidro que a separava dos pacientes e me pediu para anotar o nome da minha mulher, o número do seu documento de identidade e a data e hora da minha colonoscopia.

Durante os minutos em que corri da praça até a clínica, minha indignação foi crescendo tanto que agora era difícil ficar calado, engolir a queixa, ainda mais porque eu nem precisei explicar o problema, o que provava que antes elas estavam mesmo de sacanagem. Resolvi me conter até que tivesse o atestado em mãos.

— Três horas está bom? — perguntou a primeira recepcionista. — Ou melhor pôr quatro? O escritório dela fica muito longe daqui?

Calculei dentro da cabeça.

— Três é suficiente — respondi.

Girou o monitor para meu lado e pediu para eu verificar se os dados estavam corretos. Li o atestado na tela, com atenção. Confirmei que estava tudo certo. Então a vi mandar o documento para impressão, caminhar até a impressora, pegar a folha de papel, dobrá-la ao meio e colocá-la num envelope, que em seguida me entregou.

— Estávamos enganadas sobre o senhor — disse.

— Isso mesmo, desculpe — completou a segunda recepcionista.

Tirei o atestado do envelope, reli tudo, por via das dúvidas, fiz a foto e a enviei para a brasileira. Só então ergui os olhos do celular e encarei as duas recepcionistas, alternadamente, como exigindo explicações.

— Ficamos comovidas — disse a segunda recepcionista.

— Posso saber o que está havendo? — perguntei, imaginando que estavam me pregando uma peça mais sofisticada.

— É modesto — disse a primeira recepcionista para a segunda. — Não deve gostar de elogios.

— As pessoas boas de verdade são assim mesmo — replicou a segunda. — Não fazem o bem pensando no reconhecimento.

— É sério, não entendo do que vocês estão falando — eu disse às duas.

Aí a primeira recepcionista pegou seu celular, desbloqueou a tela, fez um par de movimentos e me mostrou uma fotografia. Éramos eu e o equatoriano; ou melhor, o equatoriano e eu.

— Você o conhece? — perguntei, pensando em como o mundo é pequeno, e Barcelona mais ainda.

Respondeu que não.

— O que o senhor está fazendo é muito bonito — acrescentou.

Pedi que me emprestasse o celular. O equatoriano tinha postado a foto no Instagram, e pouco depois a imagem tinha viralizado porque um cantor de reggaeton que ele tinha marcado logo a usou numa postagem motivacional. *Escreve tuas experiências*, dizia o *reggaetonero*. *Escreve teus sonhos. Escreve teu futuro. Lança tua estrela.* A julgar pela música de fundo, o último apelo, que não vinha muito ao caso, era o título de uma canção.

— Ainda não tinha visto? — perguntou uma das recepcionistas, já nem sei qual.

Eu estava absolutamente atordoado com a velocidade que a trama tinha ganhado: a aceleração da internet.

Saí da clínica sem dizer nada, cevando minha recente fama de altruísta modesto. Na rua, consultei meu celular para confirmar se a brasileira tinha recebido a foto do atestado; sua resposta era o emoji de um beijo e um print — do que mais poderia ser? — da minha foto com o equatoriano no Instagram. "Justo hoje que você está com esse cabelo", escreveu.

"Vou direto para casa", respondi, imaginando que isso já teria virado o assunto de conversa na praça. Enfiei o celular no bolso da calça como se quisesse sumir com ele. Fiz o percurso evitando o contato visual com qualquer pessoa, e mesmo assim juraria que em duas ocasiões me apontaram de longe, mas também pode ter sido pura paranoia minha.

Entrei no nosso apartamento, e felizmente o adolescente ainda não tinha chegado; eu precisava de tempo para me recompor.

Deitei no sofá, saquei o celular e me dediquei a administrar meus quinze minutos de fama. Tinha mensagens de amigos com quem não falava havia séculos; vários pedidos de entrevistas de veículos mexicanos, equatorianos e espanhóis; memes que já estavam circulando, reenviados pelos meus irmãos e amigos mais próximos; além de várias mensagens de voz, inclusive do meu agente e da minha editora, ambos dizendo que isso *poderia ajudar no movimento*. Eles se referiam ao fato de que meus livros não chegavam a vender bem, embora não vendessem mal, o que para mim já bastava, mas não para eles, porque esse era seu trabalho e estava certo que assim fosse.

Entre as várias chamadas perdidas que tinham caído na caixa postal, havia um recado da cabeleireira bretã. Resolvi ligar para ela imediatamente, pensando que nesse momento ela seria a única pessoa que poderia me tirar daquela loucura. Ledo engano, porque começou me parabenizando pela foto, ou, para ser mais exato, pela *boa causa*.

Ela então me contou que iam enxertar seu dedo e que aquela parte que eu tinha guardado com tanto zelo não seria necessária para o procedimento cirúrgico. Disse que lhe tirariam um pedacinho de carne de uma axila, escolha essa que me pareceu um tanto estranha, havendo tanto corpo para escolher. Vai ver que entendi errado.

— Por que você não me contou que é escritor? — me perguntou quando esgotamos o assunto médico.

Disse que me dava vergonha e uma certa preguiça de desfiar explicações, pois as pessoas costumam fazer perguntas absurdas, como onde você busca inspiração ou quantos livros vende e quanto ganha por cada exemplar vendido, e além disso sempre contam casos supostamente engraçados, estranhos ou comoventes para você incluir no seu próximo livro. Não estava mentindo.

Durante algum tempo, quando morávamos no Brasil, o pai de um colega do time de futebol do adolescente — que naquele tempo era um menino — se dedicou a me interrogar toda terça e quinta — dias de treinamento — e todo sábado — dia de jogo — sobre o que ele chamava de meus *projetos literários* e sobre o *modelo de negócio dos livros*. Depois de várias dessas conversas difíceis, em que ele não entendia por que eu me negava a escrever fazendo cálculos de demanda, pensando no que o *mercado de leitores* queria comprar — e não necessariamente ler —, nem por que eu recusava sua sugestão de imprimir meus próprios livros e vendê-los diretamente às livrarias, para não ter que dividir os lucros com a editora, acabei entendendo que, na realidade, o sujeito insistia nisso porque não entrava na sua cabeça o fato de que só me dedicasse a escrever aquilo que eu queria, e que para ele, portanto, esse não era um trabalho de verdade.

— Pois eu acho que você é humilde — disse a cabeleireira bretã —, e isso é muito bom.

Estreei minha recém-adquirida humildade posando de recatado, mudando de assunto e perguntando se tinham concedido a licença.

— Falei com meu advogado, e ele diz que pode conseguir uma licença semipermanente — respondeu —, quer dizer, uma bem longa, não me lembro como chamam.

— Até você se recuperar completamente — sugeri.

— Isso mesmo — replicou. — Talvez precisemos de você como testemunha do acidente de trabalho. Se me ajudar, podemos aumentar o valor da indenização e receber até noventa por cento, sabe?

Fiquei calado.

— Posso passar seu telefone para o meu advogado? — perguntou. — Aí ele liga para você e explica melhor.

— Você vai precisar do... dedo? — respondi.

Ela deu risada. Eu também.

Disse que não, que bastavam o laudo médico e meu testemunho. Eu ia responder que, mesmo assim, preferia lhe devolver aquilo, mas me dei conta a tempo de que, se não iam mesmo usá-lo como prova no processo de invalidez, poderia me servir como evidência em outro processo, o literário, sobre a veracidade destas páginas.

— Meu advogado vai entrar em contato com você — disse, se despediu e desligou, sem esperar que eu confirmasse se estava de acordo.

Deixei o telefone — silenciado — no braço do sofá, com a tela virada para baixo para ocultar as notificações, e preparei o ânimo para fazer uma pausa. Estava sozinho em casa, num daqueles momentos propícios para a descrição, o monólogo interior, a digressão. Que a narrativa estava precisando de uma pausa era óbvio, depois de tamanha acumulação de ações e reviravoltas na trama, potencializadas pela aceleração da internet, mas eu também estava precisando parar; sentia um leve formigamento na mão direita por não largar a caneta por horas, a vista cansada, a mente atordoada e confusa. Era bom aproveitar a trégua, porque, assim que a brasileira e a menina ou o adolescente chegassem, eu teria que recomeçar.

Fechei os olhos e me concentrei nos sons da rua que chegavam amortecidos através da janela. A conversa dos clientes do bar em frente, que, por falta de mesas na calçada, saíam para fumar e lá ficavam, bebendo em pé. Eram os instaladores da loja de alarmes discutindo alguma coisa sobre a agenda da semana seguinte. As rodinhas das malas dos turistas subindo ao hostel para fazer o check in, o que indicava que eram quase sete da noite. As aceleradas intermitentes das motos. A buzina do carro de algum neurótico para quem tanto fazia que fosse sexta-feira. Um caminhão de lixo manobrando para virar na esquina, pelejando com a estreiteza da rua. A vizinha de cima repetindo ao piano o início de uma música, como se estivesse aquecendo os dedos ou modulando o ritmo, tentando fazer o mesmo que eu: se desligar da realidade.

Nada daquilo me interpelava, nada tinha a ver comigo nem esperava de mim qualquer reação ou resposta. Nada daquilo deixaria de existir tal como era sem minha intervenção, a realidade não exigia nada de mim. Até que enfim, nada a narrar.

Nada.
Nada.
Nada.
Nada.

Um movimento tão simples como levantar o celular, virá-lo e desbloquear a tela não apenas me devolveria aos meus quinze minutos — não solicitados — de fama, mas também me levaria de volta ao curso da História — com maiúscula —, ao fluxo de notícias da atualidade, o que me abriria infinitas possibilidades narrativas surgidas da indignação: violência, injustiça, desigualdade, corrupção, a matéria-prima da literatura comprometida. Mas eu já tinha escrito livros assim, e agora estava dando um tempo.

Certamente haverá quem interprete que nestas páginas, como antecipei no início, há uma segunda história: a história de como o capitalismo, por meio da sua oferta básica de conforto e estabilidade — nem sequer precisara da versão premium, de luxo e esbanjamento —, tinha dobrado a vontade de um escritor e desviado sua atenção dos temas sociais e políticos sobre os quais deveria se pronunciar na sua obra e diante dos quais ele, como figura pública, deveria se posicionar. Mas não era justamente este o maior triunfo do capitalismo, instrumentalizar a indignação e transformá-la em produto de consumo para aplacar a má consciência dos leitores?

Não.

Não.

Eu não ia responder a esses questionamentos, não agora; agora se tratava de defender esse espaço de nulidade, não permitir que os estímulos aleatórios e arbitrários do mundo exterior alterassem meu estado de espírito, minha felicidade, permanente ou passageira.

Silêncio.

Peguei no sono.

Aqui ficaria bem uma descrição do sonho que eu tive; seria a ocasião perfeita para fazer um resumo do que foi narrado até agora — desculpem, do que foi vivido — em chave onírica, com essa mescla de hiper-realismo sensorial e ausência de lógica racional com que sonhamos. Mas não me lembro de nada.

Pouco depois ouvi a porta se abrir uma vez, duas vezes, notei o movimento habitual da hora do banho das crianças, ruídos ao meu redor, mas eu não conseguia me levantar do sofá.

Já perto da hora do jantar, a brasileira finalmente resolveu me acordar para que eu pusesse as pizzas no forno enquanto ela tomava banho — às sextas costumávamos, e ainda costumamos, jantar pizza. Achei que seria um final coerente. No Brasil há uma frase feita para nomear o desenlace de histórias que, depois de muito enredo, não dão em nada: *Tudo acabou em pizza*. É usada para apontar a corrupção política, os arranjos entre rivais para abafar escândalos, mas de modo geral pode-se dizer que se refere a uma expectativa que vai crescendo e no final termina em nada, como nas piadas.

Servi as pizzas e comemos comentando as peripécias do dia. Não poupei nada, nem mesmo o suposto segredo do equatoriano, o qual, considerando o que ele aprontou depois, tinha é tirado uma da minha cara. Numa pausa entre uma fatia e outra, a brasileira perguntou se ela já nos contara o caso daquela sua colega boliviana, que ela conheceu na loja de souvenirs onde trabalhou quando veio morar em Barcelona, que era mentirosa compulsiva e parecia ter múltipla personalidade.

— Se eu fosse você, não contava nada — interrompeu o adolescente.

— Por que não? — perguntou a brasileira. — Qual o problema?

— Ele está escrevendo um livro sobre a gente — disse o adolescente.

— Não se trata da gente — repliquei —, quer dizer, é sobre a gente, sim, mas na realidade falo de algo mais, algo que está além da gente. A literatura é sempre assim, você escreve sobre uma coisa, quando na verdade...

— Está falando de outra — completou o adolescente, em tom irônico.

— E você está usando seu nome? — perguntou a brasileira.

Respondi que sim de cabeça baixa, sem coragem de olhá-la nos olhos.

— Não procure chifre em unicórnio — disse em português, e, ao traduzir a frase dentro da minha cabeça, soou como não procurar pelo em ovo ou, para ser mais exato, como não procurar dois cês na palavra autoficção.

Ela dizia isso porque alguns anos atrás, na primeira viagem que fizemos ao Brasil depois de eu publicar um romance em que um dos personagens tinha meu nome, durante uma escala em Casablanca, já voltando para Barcelona, tive um contratempo no controle de imigração.

— Como o senhor se chama? — o agente me perguntou, quando o sistema não reconheceu meu passaporte.

— Juan Pablo Villalobos Alva — respondi.

— Tem certeza? — insistiu o agente, enquanto passava em revista todas as páginas do passaporte.

— Alva, com v de vaca — esclareci, como sempre que faço um trâmite.

— O passaporte é falso — replicou, erguendo os olhos do documento para cravá-los nos meus, como se sugerisse que eu parasse de fingir, que fosse logo confessando.

Não soubemos se foi a menção da expressão "passaporte falso" — em inglês — ou se o agente acionou algum tipo de alarme, mas o fato é que em questão de segundos apareceram policiais, uma dupla de militares armados com submetralhadoras e o mesmíssimo chefe da imigração do aeroporto.

— Qual é sua ocupação, sr. Villalobos? — me perguntou o chefe da imigração, depois de se apossar do meu passaporte.

Fiquei pensando se, estando onde estávamos — um país que não primava pelo respeito à liberdade de expressão —, o mais sensato seria confessar que eu era escritor. Mas eu poderia dizer outra coisa? Naquele contexto, uma mentirinha à toa poderia se tornar incriminatória.

— Sou escritor — respondi.

O agente da imigração levantou a cabeça para me observar com atenção.

— De ficção — me apressei a especificar, para que ele não pensasse que eu era jornalista. — Escrevo romances.

A menina e o adolescente estavam assustadíssimos, saltava aos olhos na expressão deles que estavam considerando a possibilidade de se encontrarem num momento que definiria sua vida, mudando-a para sempre: o instante da descoberta de que seu pai não era quem eles acreditavam ser. Essa suspeita também passou fugazmente pela mente da brasileira.

— Tudo bem? — ela me perguntou em português, o que naquele contexto significava: "Você tem algo a me contar? Algo que eu não sei? Devo me preocupar?".

Eu ia responder que sim, que estava tudo bem, e que não, não devia se preocupar, mas estava apavorado, pois, cá entre nós, o que era mais verossímil? Que eu fosse um escritor mexicano radicado em Barcelona voltando de umas férias felizes com a família no Brasil ou um narcotraficante que usava a família como fachada?

Resolvi não voltar a abrir a boca.

Por fim, mandaram chamar um perito em costuras de passaportes, o qual diagnosticou que meu documento era autêntico, e eu pude recuperar a calma e meu nome. Mas a lição que a brasileira tirou dessa história foi que tudo aquilo aconteceu porque eu tinha usado meu nome num romance, e que era melhor nunca mais fazer isso.

— E você vai entregar o equatoriano? — perguntou a brasileira, de volta à sexta à noite e à pizza. — Vai contar o segredo dele num livro? Sério?

— Não não — respondi. — Claro que não vou contar, imagina.

O adolescente estava indignadíssimo, opinava que eu devia contar a verdade, sim, e desmascarar o sujeito. Repliquei que não valia a pena, que uma mentira viralizada valia mais que mil verdades, e mais ainda se estivessem escritas num romance.

— Mas aí você vira cúmplice da mentira! — acusou.

— É uma mentira que não faz mal a ninguém — respondi.

— Mas não é verdade! — insistiu.

Seguimos algum tempo nessa discussão, mas não houve jeito de ele aceitar meus argumentos. Não se tratava apenas de um debate moral entre a verdade e a mentira; desmentir o equatoriano implicaria estender a história, voltar a desviar seu rumo, e desta vez através da polêmica — o falso conflito, a estratégia favorita da má literatura e da realidade atual —, e o que eu queria era acabar logo, não dar espaço para que o equatoriano continuasse a ganhar protagonismo.

— É muita hipocrisia — sentenciou o adolescente. — Eu nunca ia conseguir fazer uma coisa dessas, porque bato de frente, falo a verdade mesmo que os outros não gostem.

A brasileira e eu nos olhamos sorrindo. O ímpeto e a intransigência do adolescente nos lembravam nossa própria adolescência e faziam com que nos orgulhássemos dos princípios que ele defendia nesse momento. Estávamos educando bem o rapaz.

— Isso eu aprendi no rap — acrescentou, como se lesse nossos pensamentos.

Rimos às gargalhadas.

Não conseguimos nos conter, a brasileira e eu aproveitamos a risada para nos aliviar do cansaço acumulado e inaugurar o fim de semana, mas era melhor pararmos antes que o adolescente se ofendesse.

A menina veio ao nosso resgate.

— O que é isso? — perguntou.

Ela acabava de abrir o frasquinho onde estava guardado o dedo da bretã e exibia a relíquia sobre a palma da mão aberta.

— Que nojo! — exclamou o adolescente.

Pensei que a menina não tivesse prestado atenção nessa parte da história. Isso costumava acontecer, ela era meio distraída. Comecei a contar o trecho outra vez.

— Isso não é um dedo, pai — me interrompeu. Colocou a pecinha no meio da mesa, ao alcance dos quatro.

Nossa mesa da sala de jantar é cinza-escuro, portanto a matéria orgânica, esbranquiçada, ficava perfeitamente delineada. Era uma bolinha do tamanho de uma pérola, achatada nos polos.

— O que é isso? — perguntou a brasileira, muito séria.

Só me restavam duas opções: ou eu largava a caneta, punha o caderno de lado, levantava a cabeça e respondia, olhando-a nos olhos, ou firmava a caneta e aguentava até o final.

— Parece uma pérola — acrescentou.
— É um pólipo — confessei.
— Que nojo! — voltou a dizer o adolescente.
— Um pólipo — repetiu a brasileira, no meio-tom entre a incredulidade e o ceticismo.
— O que é um pólipo? — perguntou a menina.
— É benigno — tratei logo de esclarecer. — Me entregaram isso hoje, quando fui na clínica pegar o atestado.
— Você disse que não encontraram nada no exame — replicou a brasileira.
— Não queria que vocês se preocupassem — expliquei.
— Tiraram quantos? — perguntou.
Respondi que foram três.
— Um foi para a biópsia, outro para o gastrenterologista e o terceiro para mim, de lembrança.
A menina levantou o pólipo com os dedos em pinça e o depositou de volta na palma da mão.
— Parece uma meleca de nariz — sentenciou.
— É gordura — respondi —, gordura de fritura, de *garnachas*. Eu alimentei esses pólipos durante anos no México, com comida de rua.
Expliquei que era um pólipo bem singular, que tinha uma altíssima concentração de sódio e capsai-

cina, que era a primeira vez que detectavam um pólipo assim na Catalunha, que meu gastrenterologista ia escrever um artigo para a revista da Sociedade Europeia de Gastrenterologia.

— Você até parece orgulhoso — disse o adolescente.

Não estava orgulhoso, mas aquela pérola era minha, tinha saído de dentro de mim, eu que a fabricara com meu apetite, era feita de fome, de desejo, era uma ideia e ao mesmo tempo sua forma, a forma de uma ideia, uma ideia da forma; era esférica, não tinha começo nem fim, não era perfeita nem aspirava a sê-lo, mas era maleável, podia ir adquirindo aparências diferentes se eu me dedicasse a ela, trabalhando-a com atenção, polindo-a ou deformando-a.

— Sério que você vai guardar essa coisa? — a menina me perguntou.

— Mais do que uma lembrança, parece um aviso — disse a brasileira.

— Uma advertência — acrescentou o adolescente.

A ameaça da infelicidade, pensei.

— Quer dizer que o livro, na realidade, trata do teu medo de morrer — disse o adolescente.

Os três ficaram me observando, esperando minha resposta.

Pinguei o ponto-final, pus a caneta de lado e fechei o caderno como se fechasse a porta atrás de mim ao entrar em casa. Levantei a cabeça e sorri para eles.

ESTA OBRA FOI COMPOSTA PELO ACQUA ESTÚDIO EM ELECTRA
E IMPRESSA EM OFSETE PELA GRÁFICA PAYM SOBRE PAPEL PÓLEN BOLD
DA SUZANO S.A. PARA A EDITORA SCHWARCZ EM JUNHO DE 2025

A marca FSC® é a garantia de que a madeira utilizada na fabricação do papel deste livro provém de florestas que foram gerenciadas de maneira ambientalmente correta, socialmente justa e economicamente viável, além de outras fontes de origem controlada.